エメ
デイ

???
ドミナ
Destroyer
Character

Destroyer

Contents

熱契《ねっけつ》の破恢者《デストロイヤ》

日野亘（リサイト）

BRAVENOVEL
ブレイブ文庫

死に瀕した大地。
死を捨て去った住人たち。
そのはざまで呪われた生にしがみつく人間種。

世界を造り変える手段すら見出した者どもが、霊長の地位を追われたのは遠い昔。
支配種《エドラムス》から旧世代《オールド》と呼ばれる意味を知っている者は既に一握りしかいない。

生命と熱を拒絶する枯れた荒野《ヴァース》と終末の時。
それでも――**彼ら**は足掻き続けていた。

これは、そんな時代の話。

一章　傷貌《スカーフェイス》の男

渺々《びょうびょう》と――

刃にも似た鋭い風が、赤茶けた大地を渡っていた。中天に差しかかる月の下、まるで死者の怨嗟《えんさ》のように唄う風だ。

荒野《ヴァース》を男が歩いていた。頭からボロ切れを纏って、正面から吹きつける風の鋭さに耐えている。

夜の荒野《ヴァース》の気温はマイナス三十度近く。肌が感じるのは寒さではなく痛みだ。見る者がいれば、自殺志願者かと呆れただろう。

「――――」

まるで死人のような男だった。血の気の引いた肌、どんよりと曇った目、老いた巡礼者のように足を引《ひ》き摺《ず》りながら歩く。男の右の頬から唇にかけて、抉《えぐ》れて引き攣れた三本の爪痕のような傷痕が刻まれていた。

視界は果てまで荒野《ヴァース》。赤い砂と岩が延々と続く。

風の強さが嵐《エフィメロ》の到来を告げていた。それでも――男は、他の道などないかのように、ただ前へと歩き続けていた。

荒野《ヴァース》は人間を拒絶する。足を踏み入れてなお生きて戻った者は、一人の例外もなくそう答えるだろう。過酷な超自然、徘徊する凶猛な魔獣《マンティコラ》たち。

そんな死と背中合わせの土地だが、夜明けは美しい。東の空が、ゆっくりと黒から紫へと変わっていく。赤い大地から次第に夜が拭われていく荘厳さは言葉にしがたい。残念ながら、その秘密を知る者がどこにもいない――とは限らない。

「まさか、丸一日がかりになっちまうとは。荒野《ヴァース》で夜明かしだなんて、よっぽど物好きか命知らずだよな」

小さな岩山の足下に蹲《うずくま》っていた人影が、短い手足を器用にちょこまかと動かして立ち上がった。ずんぐりして小型のげっ歯類《しるい》を連想させるシルエットなのは、火炎トカゲの皮で作ったお手製耐熱コートを被っているからだ。荒野《ヴァース》で生き延びるためのものだから、半密閉式でコートよりも甲冑に近い。

「何はともあれ、予想通りの嵐《エフィメロ》だったな。去るのも予定時間に一秒のズレもなし、几帳面な連中だぜ」

半日着けていると大人でも音をあげる耐熱コートの窮屈さに一昼夜耐えきった、物好きで命知らずの名はドミナ。日除けゴーグルをあげて半分だけ顔を出すと、窮屈さが幾分かマシに

なった。この辺りでは珍しい緑の瞳とまだ幼さの残った顔で、悪党みたいに不貞不貞《ふてぶて》しく嗤《わら》う。

一睡もせず夜明けを迎え、ようやくという態でグルグル巻きの防毒マフラーを下げると大きく深呼吸。荒野《ヴァース》のど真ん中でも、夜明け前の僅かな時間は肺を痛める心配なく呼吸できる。

かつてこの世界にも緑があり、出歩くのに重装備が必要な土地はなかった。『不死戦争』と呼ばれる戦争が原因で、世界の大半が荒野《ヴァース》に変わってしまった世界で生きる人間種にとって、豊かな時代の出来事は飯のタネにもならない、色褪せた御伽噺《おとぎばなし》だ。

「生き返る気分だぜ。一晩中石ころみたいに蹲《うずくま》ってて、身体がいてーよ。お前もそうだろ」

ドミナの背後でゆっくりと立ち上がった、金属でできた大きなカニみたいなものは機関獣《ベステア》だ。現象変成《エードラム》で作られる機関で、荒野《ヴァース》でも文句一つ言わず大人十人分の荷運びをしてくれる働き者。

現象変成《エードラム》とは、道具を作って世界を変えてきた昔の人間が、最後から二番目に作ったものだ。直接世界を書き換え、無から有を生み出すとされる奇跡の数式。もっとも、その成れの果てに赤い大地へ辿り着いたのだから、今の人間種には笑える話である。

「おっと、時間を無駄にしてられねー。ウゴ、待機モード、指示があるまで停止。んじゃ、ひとっ走り行ってくるぜ！」

機関獣の頭のデキ《ウゴ》は家畜よりもちょっぴりマシ。言葉は話せないが命令は理解する。今日日家畜なんて、都市《サンドリオ》か、よほど裕福な居住区《シェッド》でなければ見かけやしないが。

相棒がその場に蹲《うずくま》って停止するのを確かめもせず、ドミナはゴーグルとマフラーを着け直し、ロクな道具も使わず、身軽に岩山を上っていく。

三十メートルはある岩山をあっという間に乗り越え、頂上から見下ろすと、雪が降った直後のような白い雪原がぽつんとできている。

「おーおー、ドンピシャ！　山ほどくたばってやがる」

雪原に見える白いのは、カゲロウのような虫の死骸が積もった――いわば墓場。

この辺りで嵐《エフィメロ》と呼ばれるのは、数年に一度、砂食い《この虫》が交尾のために大量発生する現象のことだ。空の一部を白く染めて、雲のような大群で発生する砂食いは、進路にいるものを人も魔獣《マンティコラ》も区別せずに残さず喰らってしまう。荒野《ヴァース》に数多くある、人間種を拒絶する自然現象の一つだ。

「交尾の場所をえり好みしやがるなんて、人間よりよっぽどデキがいいぜ。おかげで、俺の役に立つってワケだ。雄どもが死んでる場所を見つければ、その近くには――」

遺物《レガシー》が眠っている公算が高い、という寸法だ。砂食いの骸が作る雪原は、半日もしない内に荒野《ヴァース》の風と砂が吹き飛ばして痕跡を消してしまう。お宝《レガシー》を手に入れるには、危険を冒して群れが落ちるまで追いかけ続けるしかない。言うまでもないが、後をつけるのは飛び切りに危険だ。はぐれ砂食いに襲われたら逃れる術はない。

「ま、お宝は危険がトモダチなのさ」

岩山の頂きから飛ぶように下りると、鼻を引くつかせて、地中に埋まって――正確には、砂食いが交尾のために掘り出して地上に露出しているはずの遺物《レガシー》を探した。これと見込んだ地点を中心に、積もっている死骸をバックパックに吊していたショベルで掻き分ける。

作業は時間との戦いだ。グズグズしてたら、死骸の臭いを嗅ぎつけた魔獣《マンティコラ》どもがやってくる。

何度目かに振り下ろしたショベルの先端が、カチンと固いものを探り当てた。

「これは、デケー……悪食どもの食い残しだ、間違いねー…………って、な、なんじゃこりゃ？」

現れたものは、待望のお宝ではなかった。人間が、俯せに行き倒れていたのだ。手応えがおかしかったのは、武器か何かの金属に当たったたのだろう。

「かぁ、死体かよ……いやいや、あり得ねーだろ、こんな場所で」

死体程度でビビるほどドミナはヤワではないが、ここは荒野《ヴァース》のど真ん中。人が立ち入るのは稀だ。仮に奇特な奴がいて、こんなところで行き倒れたとしても、骸はすぐさま魔獣《マンティコラ》に平らげられて骨すら残らない。

「何だよ、邪妖精の悪さか？　おっ、意外に……」

ショベルの先で骸の外套のフードを取り払うと、若い男の顔が現れたので二度驚いた。左の頬に斜めに入った三つの傷痕。他にも傷だらけの荒んだ顔つきだが、冷静に見るとドミナよりも数歳上ぐらいの若造っぽい。といっても死体だけど。

「若造の分際で、人生を儚《はかな》んで荒野《ヴァース》まで墓探しにでもきたか？　ま、呪われた地《ヴァース》で細かいことを気に病んでも、仕方ねー。こういう時は……襟擦り合うも何とやら……弔いぐらいはしてやるよ」

若さなら引けを取らないドミナが、厳粛かつ厳《おごそ》かな表情で手を合わせた。それから意気揚々と死体の身ぐるみを剥ぐ。

「るんるんるん♪　どうやってここまでやってきたのか知らねーけど、辿り着けただけでも運がいい……主に俺が。全部貰ってやるから迷わず成仏しろよ」

鼻歌交じりは大目に見て欲しい。なにせ思わぬ臨時収入の気配だ。本命の墓掘りもいいモノが見つかりそうだし、こういう付録がつくのは日頃の行いがいいからだろう。

「でも、大したものを持ってねーな。しみったれの役立たずめ」

せめて外套を剥ぎ取ろうとしたその時――

「ぎゃあああああああ!?　えっ、なになにちょっとマジなのー」

動かないはずの死体が右手をガシッと掴んだ。

「ニムラは……」

地の底に引《ひ》き摺《ず》り込もうとする死神が存在するなら、まさにこんなであろうという声に心底ぞっとした。

「に、ニムラへ行きてーのかよ？　それなら、この辺は全部、ニムラ辺境領だよ」

しどろもどろ……それでもちゃんと返事をしたのは、危険を顧みずに遺物《レガシー》を探して荒野《ヴァース》くんだりまで踏み込む胆力を持つ、ドミナの意地であり矜持《きょうじ》だ。睨み返す。言い返す。他人に弱みなんて見せてやるものか。

「何とか言えよ……お、おいいいいい!?」

男は力尽きたのか再び倒れてしまった。返事もしないまま。

「気絶したのに手掴んで離さないのかよ。こんな世の中で、何をそこまで……」

生命を拒絶する荒野《ヴァース》を渡ってきた男の異常な執念に、ドミナは驚くよりも呆れた。

「生きてんじゃ……しゃーねーな」

自然と……笑みが零れていた。収穫ゼロにもかかわらず、胸が浮き立つようで、照れ隠しのように頭を掻いた。

「おっと、時間切れだ。そろそろ魔獣《マンティコラ》どもが来やがる」

地平に目を向けると、しらじらと朝日が昇るところだ。雲一つなく抜けるような、痛いほど青い空の下、赤茶けた大地がどこまでも続いていた。

「それでも世界は美しい、か」

世の中がどれほど醜悪でも、地べたに酸鼻《さんび》を極めた骸が幾つ転がろうと、見える景色は変わりなく、吐き気がするほど透き通っている。

「つたく、今回は大損だぜ」

風だけに見送られて、ドミナは目覚めない男を重そうに引《ひ》き摺《ず》っていった。

＊＊＊

遡ること八日前――コンラ辺境領にて。
人里から一歩離れれば、魔獣《マンティコラ》が跳梁《ちょうりょう》する領域。だが、今夜の男たちには闇に潜む脅威を警戒している余裕はなかつた。

「覚悟はいいな」

五人の男が、岩山へ身を隠していた。全員が揃って、居住区《シェッド》で働き者と評判になりそうながっしりとした身体が、触れれば切れるほど殺気だっている。小はナイフから大は斧まで、目についた限りの得物を担いできたような出で立ちだ。

居住区《シェッド》とは、荒廃した大地の上で、人間種が重装備なしに生きられる限られた地域《エリア》のこと。ほとんどの場合、この世界の支配種たる〈麗起《れいき》〉が現象変成《エードラム》で大気や大地を改造して造り出した土地だ。

あらゆる現象の神秘を解き明かし、霊子《エードラム》と膨大な演算で実在しえない幻想を創造し、物理法則を無視する奇跡を実現するのが神の知恵。限りなく万能に近いその力は、環境を造り変えることさえ実現する。

「ミゲル、本当にやるのか？　柩車《コンテナ》を襲うなんて……」

男たちはコンラ第八十八居住区《シェッド》の有志からなる自警団の面面だった。魔獣《マンティコラ》の襲撃を防ぐのが仕事だが、今夜この場所にいるのはのっぴきならない事情のせいだ。

「バレれば縛り首、か？　俺だってやりたくねえさ」

一団でもひと際大柄な、ミゲルと呼ばれたリーダー格の男が悲壮な目つきで見つめる先で、奇怪な物が移動していた。

蟻の群れが角砂糖の塊を引っ張っているといえば分かり易い。ただし、運ばれているのは一辺が十メートル以上あるバカでかい柩じみた代物。〈麗起〉が大量の物資を移送させるのに使う機関、柩車《コンテナ》である。

機関とは一種の演算装置で、現象変成《エードラム》を、ある程度の才能があれば人間にも扱えるようにしたものだ。四十体近い人形《レヨン》と制御役である数人の錬成技師《アートクラフター》が、あの柩車《コンテナ》を動かしている。

ずずっと大地を重く震わせ、巨大な車輪による轍《わだち》を刻みながら移動する。振動は男たちが隠れている岩山まで届いた。

「あ、あんなの……本当に襲っていいのか」

地を這うような居住区《シェッド》暮らしの男たちは、スケールだけで気圧されてしまう。その上なんというか、非効率も極まれりだった。

〈麗起《しはいしゃ》〉たちは、現象変成《エードラム》でもっと上等な手段をいくらでも用意できるのに、自立機関《オート・エンジン》ではなく人間の召し使いをかしずかせ、巨大な柩車《コンテナ》のような不合理や非効率をこそ好む。

「馬鹿ども、今更弱気になるな！　備蓄はあと十日と持たない。俺たちがやらなけりゃあ、第八十八居住区《シェッド》の四百十八人は女子供に至るまで全滅だぞ」

事の起こりは半月ほど前。何の前触れもなく突然、一言の事情説明すらないまま、領主から食料や水、必需物資の供給をしばらく止めるとの通達がなされたのだ。逆らうことのできない一方的なそれはもはや命令で、全住民にとっての死刑宣告に等しかった。

「クソったれの〈麗起《しはいしゃ》〉様め!!」

この世界は〈麗起〉が支配している。彼らがもはや御伽噺でしかない『不死戦争』に勝利し、創造主である人間種から霊長の座を奪い取って、五百年余が経つ。

かつて、人間種は現象変成《エードラム》を手にしたが、奇跡は手に入らなかった。単純に扱うだけの性能が足りていなかったのだ。

それならと、今度は自分たちの代わりに扱える道具を造り出そうと考えた。こうして〈麗起〉は生み出され、必然として人間種の楽園時代は終わった。

大半が荒野《ヴァース》に変わった『枯れて終わった世界』では、水や食料といった生存に不可欠な物資すら、〈麗起〉が現象変成《エードラム》で造り出さなければ容易く枯渇してしまう。

この赤い大地で、〈麗起〉は君臨するものであり、人間は従うもの。その形はおそらく未来永劫変わらない。〈麗起〉は勝者である以前に、環境に適応できなかった人間種にとって、唯一の生命線そのものだ。

「でもミゲルよぉ、ご領主の物に手をつけたら先がねえよ。一ヶ月やそこいらを生き延びたって、物資の供給を再開してくれなけりゃあ、俺たちは干上がるだけだ。何とかご領主に慈悲をお願いして……」

「長老がコンラの都市《サンドリオ》まで陳情に行ったのは知ってるだろう」

高い壁で環境や魔獣《マンティコラ》から守られた都市《サンドリオ》は、価値を認められた一握りの人間だけが住むことを許される。辺境区の中心であり、支配者である〈麗起〉がおわす政庁だ。お膝元として現象変成《エードラム》の恩恵を浴する都市《サンドリオ》の内側は天国と形容される。死と隣り合わせでどうにかやっていく居住区《シェッド》の地獄とはまったくの別物なのだろう。

「それで、領主様はなんて？」

「今朝、報せがきた。取り次いでもくれなかったそうだ」

救いのない現実を突きつけられて、諦観《ていかん》に肩を落とす男たち。

〈麗起〉は理不尽な神の如き支配者だ。領民に水や食料の恵みを与えて生かす慈悲深さと気紛れに何の意味もなく命を奪う残酷さを兼ね備えている。実のところ、ミゲルたちの居住区《シェッド》を襲った悲劇は、辺境では珍しいものではない。

「どのみち、今夜死ぬか、明日死ぬかだ。それなら俺は、僅かでも前に進む方を選ぶ。水や食料が手に入れば、女子供だけでも他所へ逃がしてやれるかもしれない」

「荒野《ヴァース》を越えて……か？」

「そうだ」

人間種は〈麗起〉に見捨てられれば生きられないから、天災に怯えるように息を殺しているしかない。逃げ出したくても、居住区《シェッド》を離れたら、水も食料もなく十中八九野垂れ死ぬ。

「生きて他の辺境領へ辿り着くなんて、千に一つだが……」

退路のなくなった男たちは、恐れと諦めを乗り越えて、手に手に武器を取った。

「やろう」「やってやろう」「ああ、そうだ」

ミゲルは愛用の手槍を構え、頷いて命じた。

「よし、やれ！　外すなよ」

射手が立て続けの三射で、見張り台にいた人形《レヨン》三体を射落とした。魔獣《マンティコラ》との戦いで鍛えた見事な腕だ。

「今の内だ！」

柩車《コンテナ》は都市《サンドリオ》と距離の離れた生産用の居住区《シェッド》を繋ぐ輸送船のようなものだ。危険な荒野《ヴァース》を渡るので頑健な造りながら、まるで荘厳な神殿のように、全体に精緻な装飾が施されている。これに限らず〈麗起〉の使う物に古典的で退廃的《デカダン》なデザインが多いのは、彼ら独自の美意識のせいだろう。

襲撃者の一団は餓えた野犬のように、巨大な車輪が轟々と地を揺るがせる灰色の柩車《コンテナ》へ近づく。遠景ではゆるゆると這うように進んでいた柩車《コンテナ》は、近くで見ると荷馬車ほどの速度が出ていて、取りつくのも一苦労だ。

襲撃者たちは互いに手を貸しながら、人形《レヨン》が居た華麗な装飾の施されたバルコニー風の見張り台からよじ登った。最後に登った男が、足下に転がっている矢で射抜かれた人形《レヨン》を気味悪がって蹴り落とす。落下し、巨大車輪に踏み潰されて砕け散る人形《レヨン》。

「縁起でもねえな……」

ミゲルから思わず呟きが漏れる。一団は誰もが暗い表情のまま、目的地まで封印されている鉄扉の前に集まって身構えた。

「……これを破ったら叛逆者だ。引き返せないぞ」

「もうとっくにだ。やれ！」

一番大柄な男に命じ、勇気を振り絞ったハンマーで閉ざされた扉を打ち破った。

「なんてこった！　こんなすげえの、今まで見たことねえよ……」

勢いよく侵入した柩車《コンテナ》内部には、大量の水や食料、嗜好品の数々が唸るほど積み上げられていた。居住区《シェッド》育ちの彼らが生まれて初めて目にする富と豊かさに打ちのめされ、全員の思考が停止する。

「……見入ってる場合か。さっさブツを集めろ。管理用の機関獣《ベステア》に気づかれる前に逃げるぞ」

真っ先に我に返ったミゲルが、陶然としている仲間たちの尻を叩いた。

〈麗起〉の警備は基本的にザルだ。人間の反抗はそもそもあり得ない。ここにいる人形《レヨン》の役目は運航の管理や魔獣《マンティコラ》対策である。

大量の物資に感極まって、半泣きで物資を掻き集める男たち。緊張に震えるその手が、棚からパック入りの食糧を落としてしまった。

「もったいな……うぎゃあああぁ!!」

「いけないなあ、ひとの所有物に手を出すなんて」

慌てて拾おうとした手が踏みつけられた。骨まで軋む痛みで狂ったように暴れても、軽く置かれたようにしか見えない足は微動だにしない。

しなやかな足の持ち主は、神像を思わせる完璧に整った容貌と体型の男であった。緑と白の混じった髪は、人のものではあり得ない。細身の身体には一片の贅肉もなく、肉体の作る完璧な機能美を備えていた。その正体は明らかだ。自然の生物としてあり得ないほどの完璧左右対称《シンメトリー》が、男が何者か雄弁に語っていた。

「領主!? まさか、同乗してたのか!?」

——〈麗起〉。彼らこそ、世界と人間に君臨する〈支配種〉だ。人間が足下にも及ばない性能と、人間では決して手の届かない現象変成《エードラム》という奇跡を操る、真の超越者。

見つかったというだけで、猫を前にした鼠のようにミゲルは絶望し、無意識に膝が踊り出した。

「領主……ではなく、親しみを込めてロイーズ様と呼んでいいのだよ。この柩車《コンテナ》は私のものだ。いていけない理由があるかなあ、ん〜？」

コンラ辺境領の領主・ロイーズのぬめりとした冷笑は、美しく巨大な蛇のようだ。まさに蛇に睨まれたカエル同然に身動きできない男たちを嘲笑し、無造作に足を踏み下ろす。踵の下にあった男の手が無惨な音を立てて潰れた。人の声帯がこんな声を出せるのかと目を剥くような絶叫を、至上の音楽のように聴いて悦に入る。

「エクセレント！　君たちは素晴らしい。実に期待通りだよ！」

「な、なん……だと……どういう意味だ……」

絶望に竦んでいたミゲルを暗い感情が立ち上がらせた。

領主は、顔面蒼白の男たちにウキウキと語りかける。

「ふむ、わからないとは、やはり人間は阿呆なのかね。私が物資の配給を止めたのは、君たちの叛逆を期待してなのだよ」

「どうして……そんな真似を……」

「もちろん、退屈だからだよ。私たち〈麗起〉はね！」

完成された生命種として造られた〈麗起〉には、『死』というものがなかった。寿命が尽きることも病に倒れることもなく、それ故に永遠の怠惰《たいだ》を生き、だからこそ永遠の退屈を持て余すのだとすれば、それは何とも皮肉めいている。

「たまには素晴らしい娯楽が必要だろう？　己ではなく同胞のために立ち上がる。美しい、それでこそ！　それでこそ、命を貪る甲斐がある！　哀しいかな、追いつめても実際に蛮勇を奮うのはごく一部でね。今回は嬉しい成功だ！」

信じたくないが、疑う余地はなかった。〈麗起〉は嘘をつくことがない。強者であり装置である彼らは、誰かを偽る必要がない。偽り、欺き、他者から何かを搾取するのは、いつも人間だ。

「うわあああああ」

領主のテンションの高さと笑顔のキメ具合が、男たちの精神の糸を切った。恐怖に囚われた男たちは我先にと逃げ惑う。ミゲルは歯を食いしばり、必死の形相でロイーズへ飛びかかる。

「お前たちは逃げろ！」

全力で突き出した手槍はロイーズの肌に跳ね返された。戦闘時の〈麗起〉の表皮は絹の柔らかさと鋼に勝る強度を持つ。

「ちくしょう！　ちくしょう！　ちくしょう！」

傷一つ入っていないことが、ミゲルを更に絶望させた。悔し泣きしながら、何度も槍を振り回す。最初に柩車《コンテナ》を襲撃しようと言い出した者として、せめて最後まで踏み留まらなければ。

「おお、同胞を逃がそうというのか。実に、実にぃすばらしーーーいいい!!」

高笑いし、領主が空気を撫でるように腕を振った。

「あー!」

掌から生き物のように不可解にうねる銀色の鞭が伸び、ミゲルを避けて、逃げる男たちを切断した。瞬く間に一人が魚の開きよろしく惨殺される。

一瞬前まで、ロイーズは寸鉄帯びていなかった。構えたのではなく、現象変成《エードラム》で創出されたのだ。

「んー……久々のお楽しみだというのに。殺すのは簡単だが、殺さないのは難しいな」

「や、やめろぉ!!」

狂ったように槍を振り回すミゲルを、ロイーズはニヤニヤと笑って好きにさせた。

「さあ、次はもう少し上手くやるぞ」

一人、また一人と涙ぐましい試行錯誤は続き、あっという間にミゲル以外は皆殺しにされる。

「あ、あああ……」

「残りは一人……もう失敗はできないな!」

わなわなと震えるミゲルに銀色の鞭が巻きついた。ようやく要領を得たのか、絞め殺す寸前で上手くキャッチ!

「おお、やった!」

「ふざけるな……俺たちが……どんな思いで……」

「人間が生きているのは〈麗起《われわれ》〉のおかげだ。つまり、君たちの命は私のもの、好きに使う権利があるのだよ！」

歓喜の笑みを浮かべたロイーズの左掌から、金属の棘が伸びた。それは金属ではなく、現象変成《エードラム》で創造された、水銀色に輝く流体金属だ。自在に形状を変える特性を利用して触手状にしたものが、先ほどの鞭なのだ。

「人間は弱い。死にやすいし、数も限られている。毎日殺してしまうとあっという間にいなくなる。こういう機会にこそ愉しまないとね！」

矢じりのように伸ばしたその切っ先を、男の身体に突き刺す。ロイーズは男が即死しないよう、丹念に急所を避けた。

「う、ううぅぅ、ううぅぅぅ、ぐぅ…………っ、ちく、しょ……」

「素晴らしい！　こんなになっても生きているなんて！」

ミゲルは虫の息だった。悲鳴をあげる気力もない。最後に残った、同胞と自分が虫螻《むしけら》のように殺されていく怒りさえ消え、力尽きようとした。

その時——突如、柩車《コンテナ》全体が地震のように激しく揺れ、灯りが消えた。

「何事だ！」

怒りの罵声、であるはずだった。〈麗起〉には、この世界で意に染まぬことはあり得ない。その傲慢が吐かせた一言は、意識下にさえない驚愕に濡れていた。驚きと恐怖は似ている。どちらも理解できない、という感情に根差しているからだ。

〈麗起〉である領主は、人間と違い、闇を苦もなく見通せる。だからこそ、見つけてしまった。

「どうして外殻が……」

柩車《コンテナ》の外殻が破られていた。隕石でも衝突したような無惨極まる破壊痕。大型の魔獣《マンティコラ》が体当たりしてきても、こんな様にはなるまい。

「いったい何が――がぁあああ!?」

反応するよりも速く、赤い腕が闇の中から突き出された。ミゲルを鞭で縛り上げたロイーズの右腕を掴み、藁束のように容易く握り潰す。

「あが!?」

釣り上げられていたミゲルとロイーズの右腕が床に落ちた。狩られる者からではなく、狩る者からの悲鳴があがる。先ほどまでのものよりも、より陰惨でより甘美な音色。

穴の空いた外壁から轟と吹き込む強風の唸りと金属の擦れ合う鋼の重苦しい交響曲を背に居た。

――赤い鋼だった。

「ぶ、無礼者！　貴様、どこの〈麗起〉なのだ！　戦争《パルティ》を挑むなら、作法に乗っ取り……」

人間は〈麗起〉に勝てない。だから、自分の腕を落とすという暴挙をしでかした相手の正体は一つしかあり得ない。

だが、ロイーズの知覚が捉えたのは、眼前の赤い鋼が〈麗起〉ではないという確たる反応だ。

「なん、だと？」

ロイーズは正しく〈麗起〉だった。自分たちが、唯一の世界の支配者であるという揺るがぬ理を知るからこそ、予想外の反応に思考停止に近い衝撃を受けた。

それでも——領主よ、お前は思い知るだろう。

古来よりこの地上には、理を打ち砕くものがあることを。

「く、くらえい！」

〈麗起〉でないなら相手は一つだ。ロイーズは動揺を振り切って傲慢な嘲笑を浮かべると、左手から鞭を射出する。人間には避ける術のない超音速の一撃が、予想通り赤い鋼を縦横に斬り裂く。赤い表面を火花が舐めた。

「火花……だと……」

流体金属と男を包む赤い鎧がぶつかり合って火花が散っているのだ。あり得ない。流体金属はあらゆる名剣を凌ぐ刃でもある。敵を鎧ごとスライスして余りあるはず。怒りよりも得体の知れない恐怖に放った二撃目の鞭。空中で軌道を操作し、相手の死角を縫って後頭部を斬り飛ばす。

赤い鋼は棚の上の物を取るようにひょいと手を伸ばし、空中の鞭を掴み取った。

「へ？」

ぐんと鞭ごと引っ張られた。ロイーズは綱引きを踏み留まろうとしたが、男の力は圧倒的だ。流体金属の形状を変えて逃れる暇もなく、相手の目の前にたぐり寄せられた。

赤い鋼が視界の中で大きくなる、ほんの一瞬だが永劫のように長い時間。見る見る表情が変わるロイーズ。先ほど鞭で殺された者たちのそれよりも、濃い色の恐慌だ。

「――――強装拳《フル・タル》」

赤い拳が爆発した。ロイーズには、そう見えた。否、爆発したのはロイーズの顔面だ。発射された倍速の必殺の右直打は、領主の美しい顔を粉砕しながら身体にめり込ませ、壁まで吹き飛ばす。

「ぐびゅ」

引きちぎった流体金属の鞭――槍状に固まったそれを、赤い鋼が投てきする。ロイーズの眉間を貫き、標本のように壁へ縫いつけた。

「あぐあがががあ!!」

領主が醜く無惨な姿を晒しても終わりではなかった。赤い鋼の右拳が瀕死のロイーズの胸を貫き、手首まで埋まる。

傷痕から溢れ出すのは、人とは異なる被造《つく》られた機関《せいめい》の証である――青い血だ。

「そんな、まさか、軌装《きそう》だと……馬鹿なぁ、人間が扱えるはずが……」

だから、これはあり得ない情景だ。

「……〈麗起〉は、殺す」

赤い鋼の鬼がいた。燃えるような憎悪と怨念の篭もった目が睨んでいる。

「『エメ』は……どこだ……」

領主の胸から抜き取られた鋼の右手は、鋼でできた『心臓』を鷲掴みにしていた。

「し、知らない……本当に知らない……」

「知らなければ殺す」

「ば、馬鹿め……どうやったのかは知らないが、軌装の力を盗んだ程度でいい気になるとは……」

ロイーズには余裕があった。

「〈麗起〉に死はない！　永遠の命と時間を与えられた、不死の支配種たる我々は、お前たち劣等種とは尺度が違うのだ！　腕？　足？　たとえ跡形なく破壊されようと、それが何だ。身体は作り直せばよい。『鋼の心臓』は、人間如きが破壊するのは不可能だ」

「俺は、死だ。お前たちが忘れようとした呪いだ」

赤い鋼が、熱された炭のように赤く輝く。輝きは全身から左腕へ移動する。

「馬鹿め――心臓ある限り、〈麗起〉に死はないぃぃぃ!!!」

一瞬、放電のような激しい光で領主が包まれる。

「そんな、まさか――やめて、そんな、どうして……何も悪いこと、してないのに、にに、にああああ――――――!!!」

赤い鋼の指が、不壊の『鋼の心臓』に食い込んでいく。鋼色の外装が裂け、内側から眩い光と泣き声じみた音が溢れ出す。青い血を無惨に飛び散らせながら、生命そのものが握り潰された。

かつてない恐怖と苦痛を味わいながら、不死の〈麗起〉は完全に息絶えた。多くの人間を斬

り裂き串刺しにしたコンラの領主は、自ら壁に縫われて黒焦げの骸を晒すことになった。

「心臓ある限り、〈麗起〉に死はないか。ならば、これがお前の死だ」

瀕死のミゲルは床の上でまだ生きていた。赤い鋼が同胞たちをなぶり殺しにした領主を殺すのを見た。

最後まで見届けようと閉じかけた瞼を開くと、赤い鋼が目の前で見下ろしていた。

「ああ……わかってる。助けてくれたわけじゃないんだろ。あんたの目を見りゃわかる。だが、礼をさせて欲しい」

赤い鋼の男は無言のまま。

「エメってのを捜してるんだろ……東にあるニムラへ行け。以前、都市《サンドリオ》へ行った時、そこから来た〈麗起〉がその名を口にしてた」

怒りを抑えきれないかのように、赤い鋼の身体の各部から吐き出したのは熱風だ。柩車《コンテナ》内の可燃物が、全て一瞬で燃え上がった。

瀕死の男の周囲も炎に包まれるが、もはや熱いと感じるだけの感覚もない。

赤い影が見下ろしている。瞳はまるでぽっかりと空いた虚のよう。だから、思ってしまった。

こいつは本当に人間だろうか。

掠れた視界の中で、赤い鋼が無造作に拳を振り下ろした。

＊＊＊

そして、今。

「――――」

声無き叫び。何かを掴むように右手を虚空へ伸ばす。宙以外に掴むものはないが、爪が食い込むほどの強さで握りしめる。

手応えのなさで、男はそこが荒野《ヴァース》ではないと気づいた。最初に見えたのは薄汚れた天井。

（……どこだ）

目を覚ましたばかりだが、意識は緩むことなく急速に平常へと復帰した。男にとっては日常的なルーティーンだ。一瞬の弛緩が招くのは無惨な死なのだから。

（光沢のある灰色の天井……簡易建材……どこかの居住区《シェッド》か）

簡易建材は、領主が現象変成《エードラム》で生産し与えるもので、居住区《シェッド》の建物の建造によく使われる。簡易といっても、加工しやすく強度も確かで、量さえあればまともな建物を作るのに充分だった。〈麗起〉は人間を侮っているが、こういった部分では手を抜かない奇妙な連中だ。

（室内にあるのは、簡易機関、部品《パーツ》、道具《ツール》……珍しいな、住人は錬成技師《アートクラフター》らしい）

錬成技師《アートクラフター》は、機関の操作や整備の専門家である。辺境では、一人いるだけで居住区《シェッド》の暮らしのレベルが変わる、腕の立つ医者以上に貴重な人材だ。そんな人間の住処にしてはみすぼらしいが。

ここへ至ってようやく、男は自分が寝台に寝かされているのを理解した。

（歩けるところまで歩いたはずだが……記憶が飛んでいる。拘束はされていない……捕まったわけではないか……どうやら、）

行き倒れたかと思ったが、身体は目的を果たすべく動いたようだ。

「嵐《エフィメロ》を越えられたか」

男は横たわったまま、握りしめた己の拳を睨んで、満足そうに唇を歪めた。

「『越えられたか』……じゃねーだろ」

その声で傍らにいる存在に気づいた。あまりの迂闊さに自分の頭を消し飛ばしたくなる。何が平常通りか……すぐ近くの気配を見落とすとは。ここへくるまでの無理で、よほど身体にガタがきていたのだろう。

「んだよ、睨みやがって。ケンカでも売ってんのかよ」

鼻を膨らませながら睨み返してくる悪童、ドミナだった。

＊＊＊

居住区《シェッド》周辺の環境は安定しているので、重いゴーグルや防毒マフラーは必要ない。ドミナは自分の根城にいる安心も手伝って、日焼けした健康的な肌と上半身のラインが出るラフな上着に、ダボッとしたズボンの身軽な恰好だ。

荒野《ヴァース》で拾った男をウゴへ載せて居住区《シェッド》まで運んだドミナは、そのまま住居へ連れ込んでいた。

長たちには黙ってこっそりと。

住人の大半が泥を啜るように暮らすここでは、流れ者が増える＝物資が減ることに直結するので、いい顔はされない。それでも助けたのは、一言でいえば儲け話の匂いにピンと来たからである。

「しっかし、悪運の強いヤローだな。丸一日倒れてやがったのに目を覚ますなんて。どういう生命力だよ」

それはそれとして、ドミナは警戒を解かなかった。胡散臭いのは折り込み済み、問題はコイツの生命力だ。嵐《エフィメロ》の中で見つかって形が残っているのがおかしいし、さっき包帯を替えてやったら、死にかけの身体の傷が半分塞がっていた。トカゲか。

〈麗起《エードラム》〉が現象変成で造る医療品は、居住区《シェッド》で主に使われる魔獣《マンティコラ》や鉱物から作る薬の何倍も効果があるが、それでもこんなデタラメは滅多にない。あるとすれば、何らかの機関を隠《おたから》し持ってるケースだが、行き倒れる途中で失ったのか、男は装備らしい装備を持っていなかった。

（コイツ……ヤバいネタだったか？　憑依系の魔獣《マンティコラ》を抱えてた、とかじゃねーだろうな）

実体を持たず、憑りついた人間を動かす憑依系魔獣《マンティコラ》は、出現はごく稀だが迂闊《うかつ》に見逃すと厄介な手合いである。

「…………デイだ」

「はあ、なんだって？」

「テメーではなく」

「えっと、名前、が……デイ？」

　断片的みたいな男の言い様から、どうやら名乗ったのだとわかった。真っ当に喋ったので憑依系の線は消えて、生きた人間らしいと一安心する。

「デイ、ねえ。変な名前……ま、見ず知らずのヤツに名乗るなら、誰だってそうするか」

「どこだ？」

「おい……衰弱が酷かったんだ。まだ起きるのは無理だって！」

　ドミナは慌てて制止した。まだ衰弱が酷い。寝返り一つでも相当辛いはずなのに、身体を起こして眉一つ顰《ひそ》めないとは。

（いよいよ、どういうヤツなんだ？）

　顔に幾つもの傷痕があるせいで、とてもカタギに見えないが、睨んでいるように見えるのは、単に目つきが悪いせいらしい。

「行き倒れてたテメーを助けて、ここまで運んでやったのは俺。ずいぶんと手間もかかったぜ」

「そうか」

　沈黙が落ちた。しばし待ったが、デイは何も喋ろうとしなかった。無愛想なのか性分なのか、男にはまともに会話しようという意思そのものが欠けていた。

「黙ってちゃー、話が続かねーだろ。何か言えよ」

「…………女、か？」

その一言にドミナはキレた。

「何で疑問形なんだ！　俺が、女に、見えねーってのか？　テメーの節穴の目玉くりぬいて、マジ魔獣《マンティコラ》の餌にしてやろうか！」

とはいうものの、ドミナの恰好はお世辞にも女性らしいとはいえなかった。引っ詰めて布でまとめた髪も、油断のない目つきも、華やかさを感じさせない。

「ここはどこだ？」

デイはドミナの反応にはほとんど関心を示さないくせに、油断なく周囲に目配せした。まるで手負いの獣だ。昔この手の輩を見たことがある。今のご時世では珍しい、ロクデナシばかりだったが。

「あのさ……どんな育ちか知らねーし興味もねーが、まずさ……こういう時は、礼じゃねー？」

「……そうなのか」

「そうだよ、そうなんですよ！　ちっ……まあいい。んなこったぁどーでもいい。ここはニムラの第二十三居住区《シェッド》だ」

「辿り着いたか」

「だから！　辿り着いたか、じゃねーよ！　連れてきたの!!」

ね、もう理解したでしょ？　だったらね、ね、ねっと手を突き出すドミナ。

だが、傷貌《スカーフェイス》の男は微動だにしない。それどころか、差し出された手には目もくれなかった。

無言で寝台から起き出すと、ボロの外套と数少ない装備を身に着け、そのまま出ていこうとした。

「ちょ、もう動けるのかよ!?　そうじゃなくて、まてまてまてまて……ないないないないない……!」

まず一週間はまともに動けないと舐めていた男の、呆れるを通り越して怖気を振るう生命力に、ドミナは棒立ちで見送りそうになった。

拾った時は正直胸が躍ったのだ。こんな呪われた世の中で、荒野《ヴァース》を身一つで渡るような大馬鹿者が居ると知って。

「テメー……バカはバカでも、ヤバい方のバカなのでは……」

思わず正直に零してしまったが、男は至って平然としていた。

「他人に馬鹿と言うのは勧めない」

「ヤバい方のバカに真顔で説教された!?」

相手に悪意や皮肉がなくて、なおさらショックが大きかった。が、打ちひしがれて突っ伏している場合じゃないと思い直す。男の行く手に、手を広げて立ちはだかった。

「ちょっと待てつーの！」

改めて男を直視して思う。幽霊みたいな男だと。死にかけているのを差っ引いても生気がない。そのまま煙になって消えても頷くような存在感のなさ。

「それは、ない」

「なにが、ない？　えっと……理由が、か？　テメーになくても、俺には大アリなんだよ！　行き倒れを助けて、ここまで運んで、ベッドまで貸してやった。そのまま無言で出ていかれちゃー、バカみてーじゃねーか」

「馬鹿なのか？」

「ちげー！　そういう話をしてねーよ！」

「……他は」

男が言うことは断片的すぎたが、視線で部屋を見回した様子にピンときて、ドミナはニヤリと笑った。初対面の相手がよくする反応だ。

「いねえよ。ここには俺だけ」

錬成技師《アートクラフター》としてドミナは若すぎるから、目端が利いて察しのいい奴なら師匠がいるのかと当たりをつける。いないと知って二度驚く。そこでペースを掴む黄金パターンが、この幽霊男には通じなかった。

「わかった、ありがとう」

「いえいえ、どういたしまして。それじゃあお気をつけて……ってちがーーーーう!!　違う、そうじゃないのよ」

男には確認以上の意味がなかったらしい。世間の正しさ《じょうしき》のない反応に、ドミナは溜息をついた。

（コイツ……何だろう……）

手応えがなさすぎて、怒るのが馬鹿らしくなってきた。しかし、ここで諦めるほど物分かりはよくない。今度は無視できないよう、目の前に右手をぐいっと突き出してやる。

「借りは返すのが人ってもんだろ。助けてやった礼をしやがれ。何もねーってんなら、テメーの持ち物を売っぱらって金にしたっていいんだぞ」

「ボロいが」

「んなこと言ってんじゃねー！　さっさと……って、どこ見てやがる!?」

噛み合わない押し問答が続くかと思われたが、傷貌《スカーフェイス》の男はドミナを見ていなかった。どこかあらぬ方、具体的には何もない部屋の壁を刺さりそうな怖い目つきで睨んでいる。

「おい、話の途中で余所見してんじゃ、」

外から腹の底まで届くような爆発めいた轟音が届いたのはその時だ。ずずんと部屋ごと揺れる振動と甲高い金属音にも似た咆哮が続く。

「今の……まさか、機関獣《ベステア》の戦闘音!?」

ドミナは血相を変えて外へ飛び出した。と思いきや、慌てて部屋へ戻ってきて、

「テメー、ここを動くなよ。まだ終わっちゃねーんだ。逃げるんじゃねーぞ。地の果てまでだって、取り立てにいくからな」

そして部屋の中では。残されたデイが凄愴に笑っていた。

「……予想より早いな。ニムラはデキる領主らしい」

＊＊＊

飛び出したドミナは、簡易建材の住居や集合住宅の並ぶ居住区《シェッド》の大通りを西へ走った。悪い予感。遠くの轟音に記憶が揺さぶられ、嫌でも思い出しそうになるのを堪えて、走ることに集中した。

この第二十三居住区《シェッド》は二千人ほどが生活する、辺境では比較的規模の大きな居住区《シェッド》だ。街路には人が溢れていたが、どの顔も不安そうに見上げている。爆発音が轟く居住区《シェッド》の入口の方向を。

身を低くして、人の間をチョロチョロと縫い駆ける。

「はいはい、ごめんよ」

「ドミナ！　流れ者の鼠《ラットウス》め！」

邪魔なのでちょいと押し退けた男が悪態をついたが、ヒラヒラと手を振っておく。

「今は忙しい……後で相手をしてやるよ！」

ドミナは、第二十三居住区《シェッド》生まれではない余所者だ。三年前に流れてきた当時はずいぶんと白い目で見られた。貴重な錬成技師《アートクラフター》だったおかげで受け入れられた。

ドミナが来てからまともに動く機関が増えて、ここの暮らしは多少マシになった。修理ができずに四十年近く長の家の納屋の肥やしになっていた機関獣《ベステア》を直し、ウゴと名付けたのもドミナだ。それでも——余所者というだけで忌諱《きい》する者は珍しくない。

ドミナの生まれ育った居住区《シェッド》は、三年前魔獣《マンティコラ》に襲われて壊滅した。辺境では珍しくない話だ。

その時に家族を亡くし、運良くここへ流れ着いた——ということになっている。

「ちょいとドミナ、どこへ行く気だい！　危ないことはよしとくれ！」

「様子を見てくるだけだから、心配いらねーよ！」

いつも何くれとなく世話を焼いてくれる、樽みたいな体型の気のいいオバさんに心配のお返しをする。

『借りは返さなければいけない』

ほとんど徒手空拳の無一文で流れ着いたドミナにとって、身につけていた技術を除けば、たった一つの持ち物がその生き方だ。それこそ鼠《ラットゥス》みたいな人生でも、譲れないものがある。

「あんた、よくわからない男拾ってきて、看病でまともに寝てもいないんだろ。無茶ばっかりしてんじゃないよ！」

「俺のことより……妙なことになりそうなら、さっさと逃げた方がいいぜ！」

走り続けながら、自分の無責任な台詞にムカッ腹が立った。

「逃げた方がいい……か、んなこと言ったって、逃げられるトコなんかねーだろ」

辺境で居住区《シェッド》を失った人間は、十中八九野垂れ死ぬ。だから、流れてきたドミナが最初に覚えたのは、嘘をつくことだった。

——人間にとって運命は、受け入れる《あきらめる》ものだ。

「イケてねえよ、ちくしょう！」

それが堪えがたかった。

（けれど、これが人生……こういうのが世の中……仕方がない）

怒りと表現していいほどハッキリせず、胸にわだかまっている感情を、呪詛に代えて吐き出す。

やがて、魔獣《マンティコラ》除けに居住区《シェッド》を囲んでいる壁と、跳ね橋式の入口が見えてきた。

「はいはい、ごめんよ……あれは……！」

野次馬の足下を這って最前列まで抜けたドミナは、心臓が止まるかと思った。世にも美しい男がいたからだ。〈麗起〉が手勢を引き連れていた。

「領主の腰巾着……弁務官じゃねーか、わざわざ何しに……」

美しいが冷たい、ガラスを連想する細身の容貌には見覚えがあった。忘れようとて忘れられない顔に、小さく歯軋りをする。

野次馬たちが集まっているのも当然だろう。〈麗起〉がこんなところに直接足を運ぶなど、数年に一度もない。いったい何事なのかと、不安と恐れでザワつきながら、どう対処してよいか判らず、シェッド《責任者》の長が来るのを待っていた。

「わたくしは弁務官のベノワ。領主様より命を授かり、調査のために来ました」

辺境領をはじめとした『国分け』や『領主』のような地位は、かつての人類に挑んだ頃、〈麗起〉たちが築いた帝国の残り香だ。何百年も昔、その最初の王が姿を消したせいで瓦解した失われた国の伝統を、不死の〈麗起〉たちは後生大事に守り続けていた。

「何が調査だ、ふざけてやがる」

ベノワの背後には、数体の機関獣《ベステア》が石像みたいに微動だにもせず、控えていた。ドミナが連れていた機関獣《ウゴ》の同類だが、こちらは全長三メートルはある純然たる戦闘用。巨大な牙と顎を持つサメの胴と二本の足でできた鋼の獣は、人間ではまず太刀打ちできない死の使いだ。

「あんな化け物を三体も連れて……こんな居住区《シェッド》、半時間もかからずに更地になっちまうぞ」

いきなり打つ手のない瀬戸際な状況に、ドミナは歯噛みした。

「要は、あのクソヤローが何を言い出すか、だ」

それがなるべく穏便なことを……できれば何事もなく立ち去ってくれと祈るしかない。嵐《エフィメロ》が来た時、身を隠して通り過ぎるのを待つように。

そこへ、先ほど聞いた破壊音が再び。

「もう一体!? どうして、居住区《シェッド》をぶっ壊してんだ!?」

四体目の機関獣《ベステア》が居住区《シェッド》を破壊して回っていた。建物が次々と、砂の山みたいに粉々にされていく。運悪く居合わせた住人は、逃げる暇すらなかったろう。

騒ぎを聞きつけて、遅まきながら年老いた白髪の長が駆けつけてきた。

「弁務官様、これは何事でございますか……」

「あなたが代表ですか。全ては領主様の命令です」

「我々は忠実でございます。何かの間違いでは……」

何か粗相をしでかした罰で居住区《シェッド》が破壊されているのでは……と、長は地面を舐める勢いで平身低頭し慈悲を乞う。

「勘違いをしないよう。あなたがたが不手際をしでかしたのではありません。叛逆者がこの辺りに逃げ込んだのです。近い居住区《シェッド》から虱潰《しらみつぶ》しに捜しています」

「叛逆者ですと……まさか」

こんな状況だというのに長は苦笑いした。長にとって、『叛逆者』という言葉自体が悪い冗談にしか聞こえなかった。

「叛逆者はコンラ辺境領の領主を破壊……いいえ、殺害したといいます」

「〈麗起〉に歯向かう愚か者などいるはずが……」

「無論、わたくしも信じてはいません。〈麗起〉を殺すなど、人間には不可能です。正体はどこかの辺境領主の手先でしょう」

咆哮しながら機関獣《ベステア》が建物を粉砕する。叛逆者を燻り出すというより、仮にいるならもろとも潰してしまう勢いだ。

「しかし、コンラの領主を手にかけた『叛逆者』が紛れ込んだというのであれば、草の根を分けても捜さねばなりません。辺境には分けるほどの草もありませんがね」

「……事情は承知しました。しかし、これ以上居住区《シェッド》を破壊されれば、我々の暮らしが立ち行きません。どうか、しばしのご猶予を。我々の手で叛逆者を御身の前に引き摺《ひず》り出してまいりますので！」

「なるほど、わかりました」

ベノワはパチンと指を鳴らし、鷹揚《おうよう》な返事に安堵している長を指差した。

「……へ？」

長の上半身が消えた。後ろにいた機関獣《ベステア》が、巨大な顎でパックリと食いちぎったのだ。内臓が飛び散り、酸鼻な臓物の臭いが立ち込める。

「あなたがた人間種は領主様の貴重な財産。こういう時でもなければ、浪費するわけにもいきませんからねえ。せっかくの機会、久々に狩りの愉悦を楽しまないと」

野次馬たちの悲鳴があがった。

「さあ、素晴らしい一幕を」

愉悦に蕩けた表情で耳を傾けながら、弁務官は再度指を鳴らす。鋼の軋るような高音の咆哮があがった。置物のような機関獣《ベステア》が動き出し、居住区《シェッド》の住人たちへ無差別に襲いかかった。ひょいひょいと小魚を啄む大型魚のように次々と噛み砕き、あるいは踏み潰す。

「あのヤローっ……やりやがった！」

ドミナの悪い予感が的中した。だが、考えていた最悪よりなお悪い。ほんの一瞬で阿鼻叫喚の巷と化した。悲鳴。流血。悲鳴。流血。冷たく磨《す》り潰《つぶ》す死の臭い。

混乱し走り回る連中に押されたり突き飛ばされたりしながら、ドミナもまた闇雲にその場を逃げ出す。この場に居続けるのは死そのものだから、選択の余地はない。

「くそっ、いったいどうすりゃいいんだ……いや、何バカ言ってんだ俺は。どうにかって……

どうにもなるもんじゃねーだろ」

　為す術がなかった。皆をどこへ逃がせば助けられるのか？　それともいっそ、自分だけでも

――


「そんなの……行く場所なんてねえだろ。居住区《シェッド》がなけりゃあ、生きてけねーんだから……」

「待ってください、叛逆者を助けたヤツを知っています！　アイツです！」

　同じ区画に住む、普段はお人好しの男が、機関獣《ベステア》の顎に頭を挟まれ、金切り声をあげていた。

　命惜しさに指差した先は――ドミナだった。

「本当です、俺は見ました。余所者の男を連れて帰ってくるのを！」

「よせ！　コイツらにそんなこと言ったたって！」

「わかりました」

　ベノワが頷くと、巨大な顎は無慈悲に閉じた。男の頭は噛み潰され、残った身体が痙攣のダンスを束の間踊った。

「助けるという約束はしてませんよ」

　悪い夢のような現実だ。身近で知った顔が潰される生々しい血の臭いに、思い出したくもない記憶が引《ひ》き摺《ず》り出されて足が竦む。

「おや、諦めてしまいましたか？　少しは抵抗してくれないと」

　ドミナは声も出せなかった。相手は〈麗起〉だから、逃げたところで無駄だ。完璧な造形の手が胸倉を掴み、体重などないかのように片手で高々と掲げる。

「余所者を拾ったのなら案内なさい」

心底どうでもよさそうな口ぶりに、イヤでも思い知らされた。ドミナは手がかりではなく、新しい玩具だ。飽きたら、投げて、壊して、笑う。どんな返答をしようと、コイツは居住区《シェッド》を丸ごと破壊する。

死以上に敗北を悟った。人間では勝ち目がない現実に、這《は》い蹲《つくば》って命乞いをしたかった。一分一秒でも生き延びられるなら、何を投げ出したって惜しくない。

「…………ざけんな」

ねじ上げられて息をするのも難しい苦痛の中で、ドミナは歯を食いしばった。諦めきった身体の中に燃え滓《かす》みたいな小さな憤りがあった。ずっと押し殺し、錆ついていた感情を足がかりに、慈悲を乞う弱さをねじ伏せた。

「案内しろ、と言ったのですが、聞こえませんでしたか？」

「テメーらに尻尾振るくらいなら、死・ん・だ・方・が・マ・シ・だ！　とっととやれよ、造《ボ》り《ル》もの《カ》ヤローにくれてやるものは鐚一文《びたいちもん》ねーよ！」

造《ボ》り《ル》もの《カ》とは、辺境で使われる〈麗起〉への蔑称《べっしょう》だが、実際に使われることはごく稀だ。暴君だろうと〈麗起〉がいなければ、人間種は生きられない。悪態を吐く連中こそ、この世界では身の程を弁えない異端者だ。

そして、人間如きが吠えたところで無駄な意地だった。潰される虫螻が怒っても、人間が何の痛痒も感じないのと同じことで。それでも――ドミナは抗わずにはおられなかった。

「口の利き方を知らないようですね」

ベノワは眉一つ顰めるでもなく、服についたゴミを捨てるようにドミナを地面に叩きつけた。

「…………？」

反射的に目を閉じて最期の時を待ったが、痛みはいつまでもこない。ドミナは薄目を開けて確かめた。

ベノワは腕を振り上げたまま固まって、じっとどこかを見つめていた。

（……何を見てるんだ？）

視線の先を追う。血と臓物に塗れて無人となった街路の真ん中に――男がいた。

右の頬に斜めに走った三つの傷――デイだ。足取りはふらついていた。明らかに異常だ。屍を無理やり立って歩かせているような歪さ、がではない。いや、それも異常だったが、傷貌《スカーフェイス》の男はこの場でただ一人、逃げ惑う人々とは正反対の方向、弁務官を目指して真っすぐに近づいていく。

死にたいのか、それとも……怪我のせいで状況がよくわかっていないのか。

「ば、バカ……さっさと逃げろぉ！」

血を吐くように叫んだのに、デイはそのまま向かってきた。馬鹿としかいいようがない。今ならまだ万に一つ生き延びる目もあるのに、わざわざ死にに来るなんて！

「何者です？」

「〈麗起〉だな」

ベノワの問いかけを無視して、男はやってくる。

「あなたたち醜い人間種とは全てが異なる、わたくしが何者か見てわからないのですか」

「エメを知っているか？」


男は破裂寸前の爆弾だった。

探し求めていたものを、ニムラ辺境領の〈麗起〉の誰かが知っている——瀕死の男が言い残した手がかりは、真偽もわからない上に雲を掴むようだが、それがどうした。順番に一人ずつ聞いていく。その手始めが、この〈麗起〉だ。


「何ですかそれは？　わたくしは忙しい。質問に質問で返す無礼者の戯れ言に、これ以上付き合っている暇はありません」

「そうか、なら……俺が、死だ」

男が。デイが短く答えた。

「これは……まったく会話にもなりませんね。〈麗起〉に立ち向かおうという愚行……とうに正気を失っていましたか。念のために聞きますが、叛逆者というのはあなたですか？　こんな愚か者が二人もいるとは思えないので」

ベノワが、ドミナを捕まえた時と同じ表情で指を鳴らした。住民を噛み砕いていた機関獣《ベステア》が、即座に猫科の猛獣を思わせる攻撃姿勢を取る。

「まあ、叛逆者であろうとなかろうと、疑わしきは皆殺しで全て解決です」

機関獣《ベステア》が、牙の間から人だったものの残骸を零しながらデイへ殺到した。

踏み潰されるか、噛み砕かれるか。コンマ一秒先の惨劇にドミナが悲鳴をあげる。

大地を踏み砕く機関獣《ベステア》の疾走音に交じって、男の微かな呟きがやけにハッキリと届いた。

「――戦術破恢《タクティカ・デスト》」

落雷じみた、金属をハンマーで思い切りぶん殴ったような音。間髪入れず、ドミナの頭上を大きな放物線――先ほどの跳躍と真逆の軌道を描いて、機関獣《ベステア》の巨体が吹っ飛ばされていく。

住居に激突し、更に大きな怒号。

「――――」

ドミナもそれを掲げていたベノワも、何が起きたのか判らずに目を見張る。機関獣《ベステア》は急所の頭部を無惨に潰されて、完全に機能停止していた。

無造作にデイの右拳が突き出されていた。何が起きたのかは明白だ。ぶん殴って破壊したのだ。男が、素手で、機関獣《ベステア》を。

「あり得ない……脆弱《ぜいじゃく》な人間如きが、いったい何を？　コンラの領主を倒した叛逆者……本当にお前なのですか」

ベノワは激高するのを踏み留まった。それ故に弁務官になり得た慎重さで、〈麗起〉の五感を研ぎ澄まして、念入りに目の前の相手を探る。

「……やはり違う、〈麗起〉ではない」

傷貌の男には〈麗起〉特有の波長を感じられなかったから、ベノワは不可解を恐れるのではなくデイを、人の脆弱《ぜいじゃく》さを嘲笑した。

「いいでしょう、〈麗起〉の力……人間が及びもつかない、支配者の力を見せて差し上げましょう」

素手で機関獣《ベステア》を屠ったのは、何らかの現象変成《エードラム》を使ったのだろう。が、人間には不可能。おそらく、機関を隠し持っている。

「ですが、わたくしは用心深い男」

殺すのは容易い虫螻でも、棘があるとわかっていて無策で近づくのは賢明な者がすることではない。油断すれば思わぬ手傷を負うかもしれず、そのような無様な部下を領主は許さない。

盤石の勝利を期して、ベノワはまたしても指を鳴らす。付近の建物の屋上に、巨大な影がのそりと現れる。居住区《シエッド》を破壊していた三体の機関獣《ベステア》を集結させたのだ。

包囲して三方から同時に襲いかかる。シンプルにして必勝の配置だ。

だが、不死なる者よ――今こそ知れ。

慎重に慎重を重ねるこの布陣が、本能に根差した恐怖故だと。

「俺が、死だ」

デイが宣言した。

「〈麗起〉に死はありませんよ。愚かですね」

弁務官が指を鳴らした。三体の機関獣《ベステア》が三方向に跳躍し、あるいは地上を走行し、タイミングを微妙にずらしながら襲いかかる。完全に同時よりも避けにくい。

デイは右手を突き出し、五指を開いて迎え撃った。彼方へ手を伸ばすように。

「**軌装転概《オーダー・エッジィ》！**」

デイが、デイの身体が、血よりも赤い紅蓮の業火に燃え上がった。それは外身ではなく男の内、心臓から溢れ出した炎だ。燃え盛る炎が四肢に纏わりつくよう。

炎中から突き出された鋼の拳が、不用意に近づいた機関獣《ベステア》の眉間をぶち抜いた。突き刺さった腕を振り下ろす。炎が飛び散って消え、機関獣《ベステア》の首がねじ切られる。

「テメー、は……」

吊されている状況も忘れて、ドミナは見惚れた。

血のように赤く燃える鋼甲が、デイの全身を包んでいた。変わり果てた姿は、子供の頃に聞いた御伽噺に出てくる、大昔の甲冑騎士のようだ。

「馬鹿なぁ、軌装だと!?」

表面から陽炎に似た熱気を立ち上らせる赤い鋼に、残った二体の機関獣《ベステア》が躍りかかった。ぶつかるだけで建物を瓦礫に変える質量と、人間の視覚では追いきれない速度は、まさに鋼の獣。

「ぬん！」

迎撃の轟音はきっかり二度。鋼の拳の鉄槌に、二体の機関獣《ベステア》がそれぞれ縦と横に荒々しく引き裂かれ、残骸と化して無人の街路に撒き散らされる。

「次は貴様だ」

異形の鋼がベノワを指差した。全ては瞬く間の出来事だ。ドミナの目では追いきれず、何が起こったのか、断片的にしかわからなかった。

「なんて酷い」

目で追えたベノワは、可愛い機関獣《ベステア》の死に絶叫しながら、赤い鋼甲を纏った男の異様な姿に本能的な嫌悪を抱いた。

かつて人間種に挑んだ〈麗起〉が、創造主を打ち破った力が『軌装転概《オーダー・エッジィ》』だ。この鎧甲――軌装は現象変成《エードラム》の一つの究極として具現化したもの。鋼に身を包んだ時、〈麗起〉の力は何倍にも跳ね上がり、奇跡を行使する最適の機関として駆動する。

「〈麗起〉ならぬ者が、軌装転概《オーダー・エッジィ》を……」

究極である軌装は例外なく美しい。だが、赤い軌装はそうではなかった。醜い左右非対称《アシンメントリー》の、所々に赤い包帯を巻きつけたような不気味な造形だ。顔を覆う面甲には、怒りとも慟哭《どうこく》ともつかない表情が刻みつけられている。

「……ありえない……あり得ない！　あり得ないあり得ないありえないぃいぃいぃいぃぃ！　現象変成《エードラム》の究極完成たる軌装が、このように醜くこのように荒々しく具現してはならないのですよーーー!!」

ベノワはドミナを投げ捨て、怒りに任せてデイへ突進した。眼前の赤い鋼は、この世界の秩序にとってあり得てはいけない矛盾だ。

「どうやって軌装を盗んだかは知りませんが、現象変成《エードラム》も使えない劣等種が、それを扱えると本気で思っているのですか。身に余る武器を持ち上げることもできない、哀れな虫螻にすぎません！　その身で真の〈麗起〉の力を――」

「戦術破恢《タクティカ・デスト》――」

猛き咆哮を轟かせ、赤い軌装が両腕を広げる。ガードをまったく考慮していない、構えと呼ぶにはあまりに無防備なその型は、持てる力の全てを敵の破壊に費やす男にとっての不退転の決意。心を捨てた人鬼が長き戦いで磨き上げた、死せぬモノに死を下すための技と呼ぶにはあまりに無骨な技術だ。

「――強装拳《フル・タル》」

荒々しい構えから発射された拳が通常を大きく上回り、倍速に届いた。〈麗起〉の力さえ上回る速度で、口上も途中のベノワを振り上げた拳ごとぶち砕いて吹き飛ばす。

軌装は単なる鎧ではない。それぞれが独自の現象変成《エードラム》による驚天の力を操るのだ。赤い軌装は、手首や肘といった複雑な鎧甲の接合部から炎を噴き出し、その火力で拳を加速させたのである。

ベノワは水切り石のように何度も地面を跳ねながら、居住区《シェッド》の外壁をぶち抜いて、後方に数十メートル吹き飛ばされた。

「おの、お……おのれぇ……っ！」

踉《よ》蹌《ろ》めきながら立ち上がった目の前に、赤い鋼が瞬間移動のように現れた。

「――六連装《シクス・レット》」

左右の拳で繰り出す高速の連撃が、不死の肉体に走る六つの拳型の痕を刻みつける。弁務官の身体は拳痕に沿って裂けて、上下に分かれて地面に落ちた。

「な、なんだ……〈麗起〉ではない……だがこの力、人間でもない……何故？　どうやって……お前はいったい……」

上半身だけのベノワを赤い鋼が見下ろしていた。面甲の奥で爛々と怪物の目が輝く。まるで憎悪と怨念の塊。赤い鋼の醜悪な感情は、目の前の敵ではなく、世界全てへ向けられている。

「い、いやああ、こないでぇええ」

ベノワは、創造されて百五十年余り。人間種との大戦を経験していない、若い世代の〈麗起〉だが、それ故に外敵や脅威を知らなかった。躙り寄る赤い悪鬼を目の当たりにして、生まれて初めて真の恐怖を知った。

「〈麗起〉は……全て殺す」

左腕で、ベノワの上半身をドミナがされたように高く掲げ、破壊箇所からぶら下がっていた心臓を赤い鋼の右手が掴んだ。

「エメはどこだ」

「し、知りません、信じて……」

「答えなければ、殺す」

　デイの右腕が爆発するように炎を噴いて燃え上がり、その炎が燃え移る。現象変成《エードラム》の力で生み出される炎だ。全身の神経に焼き鏝《ごて》を押しつけられていくようなあり得ない苦痛に襲われて、単純な痛みともっと根源的な恐怖でベノワは泣き叫ぶ。

「エメはどこだ！」

「知らない、本当に……あ、あががが……は、廃棄城！　東の廃棄城だ！　誰も近寄ってはならないと……何かあるとしたらアソコしか……が、がが、が、いや、こんなの……し、死にたくない！　教えたでしょう、あ、案内もする、だから助けて……！」

「そんな約束はしていない」

　不死であるからこそ、永遠のはずの命が尽きる恐怖に、ベノワは支配者の矜持《きょうじ》も理性もなくして悲鳴をあげた。自分が何故こんな理不尽な目に遭うのか、心底わからなかった。

　力があれば何もかも許されるのが、この世界のルールであるはずなのに。

　そして、まさにそのルールによって、

「お前は死に追いつかれた」

　最後まで気づくこともなく、恐怖と絶望に泣き叫ぶ〈麗起〉の心臓を、デイは何の感慨もなく握り潰した。

「そんな……人間が、〈麗起〉を倒せる、わけがな、い、ぎいあああああああああ――――」

　鎧の接合部から噴き出す炎が、最後の悲鳴を無慈悲に焼き払った。

＊＊＊

壊された外壁まで追ってきて、ドミナは様子を窺っていた。

デイと弁務官の戦いは、居住区《シェッド》の外へ飛び出した。それはドミナの知るどんな戦いとも違う。亜音速の速度域での交戦は、人間の目にはそもそも追いきれない。ここまで届いていた激しい爆音もしばらく前に途絶えていた。

「終わったのか？　あのヤロー、勝ったのか……」

馬鹿な考えに笑ってしまった。人間が〈麗起〉に立ち向かえるはずがない。誰でも知っている常識なのに、不思議とデイが負けている姿は想像できなかった。

「もっと近づけば様子がわかるかも……」

だが、何が起きているのかもよくわからない状況で、外壁を越えていく気になれなかった。

背後には、いつの間にか、戦々恐々の面持ちで住人が集まっている。

「あ、あれは……！」

砂塵《さじん》の向こうからデイが戻ってきたのだ。赤い鋼の姿ではない、元通りのボロの外套を纏った、傷だらけの恰好で。

「デイだけ……一人かよ。弁務官はどうなったんだ？」

駆け寄ることはできなかった。あまりに得体が知れなかった。荒野《ヴァース》に踏み込む命知らずのドミナでさえ二の足を踏むのだから、住人たちの恐慌のほどは推して知るべしだ。

「ひ、ひぃぃ……弁務官様……！」

誰かが絞め殺されるような悲鳴を漏らしたので、ドミナも気づいた。デイは右手に、ベノワ弁務官……だったものの上半身を掴んでいたのだ。

「う……ひでぇ……」

表皮が黒く焼け爛れ、四肢をちぎられ、こんな顔が人の形でできるのかと思える絶望と恐怖が刻まれている。相手は大勢を殺した〈麗起〉なのに、酷すぎて目を覆ってしまった。

ドミナとは別の男が、恐怖で足を震わせながら、勇気を振り絞って追求した。

「あ、あんた……弁務官様を……こ、殺したのか」

「そうだ」

デイは、ようやく思い出したというように残骸を投げ捨てる。

「東はどっちだ？」

デイが呟くなり、先の住人たちは見えない手で分けられるように逃げ出した。

虐殺から救われたはずだ。デイがいなければ、この場のおそらくは全員が遊び半分で殺されかねなかったのに、生き延びたことを喜ぶ者はいない。

「あ、あんた……なんて真似をしてくれたんだ……っ」

一人残っている住人がいた。恐怖に耐えて踏み留まっている男は、ドミナもよく知った顔で、先ほど殺された長の息子だ。長亡き今、この居住区《シェッド》を領主から引き継ぐ立場だから、デイを黙って行かせられない。他の住人の手前もあった。

「そ、そうだそうだ、酷いことしやがる……！」

「領主様の耳に入ったら、この居住区《シェッド》は……俺たちは終わりだ……」

デイの蛮行に呑まれていた住人たちから賛同する声があがったが、疎らだった。殺戮者だった〈麗起〉よりも、〈麗起〉を殺した叛逆者を恐れて、成り行きに身を任せている者がほとんどだ。

「——コイツが助けてくれなきゃ、俺たちは皆殺しになってたんだぞ！」

呪詛を遮った自分の言葉に、ドミナはビックリした。最初は、他の住人と同じように黙っているつもりだった。この場でデイの肩を持つのは、頭がおかしい奴だけだ。

「助けたって……何を言ってるんだ？　領主様の怒りをかうかもしれないんだぞ！」

心底意外そうな跡継ぎの気持ちが、ドミナにはよくわかった。人間種は〈麗起〉がいなければ生きていけない。〈麗起〉とは、この世界の正義であり秩序だ。気紛れに人を殺すこともあるが、それは嵐や地震のような天災と同じだった。

自分と跡継ぎ、どちらが正しいのかは、考えるまでもない。それでも——ここで起きたことを見なかったフリはしたくなかった。住人全てを敵に回すかもしれなくても、だ。

「んな心配ができるのは、まだ両足が地面についてるからだろ！」

「弁務官様は叛逆者を捜していた。この男が居たから、ここへ来たんじゃないのか!?」

「それは……っ」

言葉に詰まる。幸か不幸か、ドミナがデイを拾ってきたことを知る者はこの場にいなかったから、矛先こそ向かなかったが。

「――助けては、いない」

感情の剥離《はくり》した剥き出しの鉄みたいな声。

「何を、いってるんだ？」

跡継ぎにはデイの言わんとすることが理解できなかった。

「えっと、だからこれは……俺たちを助けるつもりじゃなかった……って、テメー……俺が取り成してやってんのに、もうちょい言い方あるだろう……イテッ」

ドミナの額に小さな石が当たった。勇敢な野次馬の誰かが拾って投げつけたのだ。一つでは終わらなかった。最初の一つに怯えた住人が次々に乗っかる。野次馬集団のそこここから、ろくすっぽ狙いもつけていない石が飛んできた。

「いて、やめろ……やめろって！」

ドミナにも石が飛んでくる。叛逆者に味方した馬鹿への制裁なのか。デイを案じて目をやると、額に、身体に、何発も命中しているのに、男は顔色一つ変えていなかった。

「さ、さっさと出ていってくれ！」

跡継ぎの引き攣った叫びは、全員の密かな想いの代弁だ。

「廃棄城は……どこだ？」

「し、知らない。知ってたって、叛逆者に誰が教えるか！」

「わかった」

最後の蛮勇を掻き集めて罵った男に小さく頷き、何事もなかったかのように歩き出す。

住人たちはデイが立ち去るに任せた。〈麗起〉を殺す男を取り押さえる術なんてない。それに、出ていってくれた方がまだ領主への言い訳が立つからだ。

「お、おいおい……」

ドミナは、去っていくデイの背中に何か言いたかった。

でも、何を言えばいいんだろう。感謝の礼？　お前のせいで被害が出たと恨み言？

ふと目を転じれば、黒焦げの元弁務官が道端に転がっていた。

「そっか……死んじまったのか」

ドミナの人生に落ちる影は、いつだって始まりも終わりも唐突で、何一つ手を触れられないところで身勝手に過ぎ去ってしまう。

あの弁務官の奴を、いつかどうにかしてやると……ハッキリいえば、ぶち殺してやろうと夢を見ていた。烏滸《おこ》がましい。人間が〈麗起〉に何かをすることなどないのだから。どうしたって叶うあてのない夢は、日々の辛さを慰めるただの空想だ。
・・・・
それなのに。

〈麗起〉に勝てるのだ……と知った瞬間、ドミナの全身を突き抜けた痺れは、歓喜よりも恐怖に近い。

「目が覚めた気分だぜ」

最後の決断まではほんの一瞬だった。そうだ――今度こそ自分の手で変えてやる。

ドミナは騒然としている住人たちの足下を這って抜け出した。しかし、さっきの今で子供一人の行動に気を回せる奴はいるはずない、と油断するのは早すぎた。

「どこへ行くつもりだい!?」

「お、オバちゃん……」

機関獣《ベステア》が暴れたのに巻き込まれたのか、擦り傷だらけで痛々しかった。オバちゃんは自分の怪我を気に留める様子もなく、咎める目を向けた。

「また危ない真似をするんじゃないのかい？　ただでもあんたは命知らずだ。これ以上ヤバいことに首ツッコんじゃ駄目だよ！」

「……そうもいかねーよ。デカい儲け話の匂いがするんだ」

「まさか、あの男を追いかけるつもりなんじゃ……悪い冗談はやめな！　あんたは錬成技師《アートクラフター》だ、真っ当にやってりゃあいくらでも暮らしは立つだろ。だいたいそこまでしてお金集めたって、使い道なんてありゃしないよ！」

そんなことはない。地獄の沙汰も金次第だと、外界に出てからイヤというほど思い知らされた。〈麗起〉に金など通用しないが、人間同士なら役に立つ。

金があれば世界が変わる。都市《サンドリオ》から物資や機関を手に入れることができる。薬があれば簡単に治る病気で、子供が死ぬのを見なくたってよくなる。本物の家畜だって育てられるかもしれない。

「今、行かなくちゃいけないんだ。暮らすだけなら何とでもなるさ。でも、ここで何もかも仕方ないってやってたら……」

いつかは、そんな時間に慣れてしまうから。

「ま、二、三日で戻るから。何も見なかったことにしておいて。それこそ、余計なことに巻込まれるかもしれねーからさ！」

「ドミナ！」

一方的に捲し立てると、振り返らずに走り出した。

＊＊＊

「おーい、待ちやがれって！」

魔獣除け《マンティコラ》と居住区《シェッド》の区切りとして建てられている壁を、勢いよく飛び出したところで追いついた。

「……」

そのまま行ってしまうかと思ったが、男は足を止めてくれた。一旦ねぐらに戻って必要なものを掻き集めてきたドミナは、背中に大荷物を背負っていた。

「まだ何か用か」

「アリアリだっつーの。さっきは言えなかったけど、行き倒れてたくせに、身体はもういいのかよ？」

「問題はない」

「そりゃいいや。じゃあ、助けた礼を寄越しな」

鼻を鳴らすドミナは、どこをとっても少女らしいところはなかった。

「……そうか」

男が黙って考え込む。無表情すぎて反応が掴みきれない。

「何を考え込んでんだよ？」

「礼は言った」

「あ？　あー……アレか、まあ、確かにな」

「足りないのなら、何をすればいい？」

返事が予想外すぎた。この傷貌の叛逆者は見かけによらず生真面目らしい。

「……とことんバカなんだな、テメーは。常識ってもんがなさ過ぎ。いやまあ、常識のあるヤツが〈麗起〉に逆らったりしねーか」

思わず笑ってしまった。居住区《シエッド》に来てから、声をあげて笑った記憶なんてなかったのに。

景気づけするようにパンパンとデイの身体を叩く。肩を叩きたかったのだが、背が低くて腰にしか届かない。ちょっぴり悔しい。

「それよか……テメーは何者だ？　機関獣《ベステア》や〈麗起〉をぶっ倒せるなんて、まともな人間とは思えねー。だいたい、さっきのアレ……赤い鎧は軌装だろ？」

表情の少ない男の目が少し細められた。コイツなりの驚きかもしれない。

「……軌装を知っているのか」

「これでも苦労人なんだぜ」

「わかった」

「おいおい……物知りな理由には興味なしかよ。拍子抜けだけど、いいさ。それよりもテメーの話だ。〈麗起〉をブチのめすような力をどこで手に入れた？」

「わからない」

「ま、そうだな。そんなデカいネタ、昨日今日の相手には簡単に教えられねーよな」

「……本当にわからない」

今度は少しも笑えなかった。追及を避ける言い訳にしても程度が低いが、本気で言っていることがわかってしまった。

「俺は一度死んだ……はずだ。目が覚めると、こうなっていた」

「いやいや……そんな都合のいい話がどこに転がってるんだよ。それこそ御伽噺じゃねーか」

常識知らずの叛逆者が、暗く沈んだ目で睨んでいたのは東の地平だ。

そこが自分の向かうべき場所で、それ以外のことはどうでもいいのだと言わんばかりに。

「〈麗起〉を殺せる。充分だ」

「……そこまで恨んでるって、何があったんだよ」

ドミナが思い描いたのは、同情でも恐れでもなく、熱さだ。

怒りでも、恨みでも、この際何でもいい。こんな時代に、荒野《ヴァース》しかない枯れた世界で、近づくものすら破滅させてしまいそうな量の感情を抱えていられる男を初めて見た。

「さっき、廃棄城の場所を聞いてたな。行きたいのか？」

「そうだ」

「テメーこそ、あそこがどんな場所か知ってんのか？〈麗起〉の城だぜ。中がどうなってるのかは俺も知らねーけど、きっとロクでもねー場所だ。どうしてわざわざ？」

「『エメ』と呼ばれるものを捜している。廃棄城に手がかりが、あるかもしれん」

これまでと違う、酷く切実な響きがあった。

「エメ……聞いたことねえなあ」

「ずっと捜してきた。仇《てき》を……この手で殺す」

デイが低く唸る。手負いの獣に似た、憎悪と怒りの声にドミナの背筋が凍る。

「それなら……どうして、居住区《シェッド》の連中を締め上げなかったんだ？　場所を知ってるヤツだって居たかもしれないのに」

「この先は俺の事情だ」

真面目さ、それともクソ律儀さというべきか。

いちいち返事があるのは助かるが、バラバラの残骸の一部を放り投げたように取り留めない。

よっぽど長い間、まともに他人と話さない暮らしでもしてきたのかもしれない。

「……もしかして、気を遣ったつもりなのか？」

〈麗起〉にとって人間は家畜か、それ以下だ。叛逆者に情報を漏らした者がどう扱われるかは推して知るべしだろう。だから、なのかもしれないが。そんなものは気遣いでも優しさでもないし、正気の沙汰ではない。他人を巻き込むのを望まないなら、世界の秩序《ただしさ》に拳を振り上げる前提そのものが間違いだ。

この男は〈麗起〉を殺した。ばかりか、さっき聞いたことが事実なら、この先もまだ殺すつもりでいる。

まるで矛盾の塊だ。矛盾を力で押し通っていくような生き方だった。でも、だからこそ、

「よし。乗ってやるぜ、その駄法螺《だぼら》にさ」

ドミナは男を値踏みしながら、唇の片方を悪い大人が笑うみたいに持ち上げた。コイツの力なら、万に一つがあるかもしれない。

「何がだ？」

「たくもー。会話できねーんだな！　この俺が、さっき命を拾った礼をしてやるって言ってんの！」

「俺では？」

「それはそれ、これはこれだ。貸しは必ず取り立てるし、借りは絶対に返すのがうちの家訓なんだ。そういうのが大事なんだ、こんなどこにもいけない世の中でも」

デイの鼻先に指を立てて突きつける。難癖同然なのは自覚していた。

そんなドミナの態度に、デイは僅かに唇を歪めただけだった。

「借りなど……」

「わかってねーな。廃棄城に案内してやるって言ってんだぜ」

満を持して手札を切った。交渉の本質は、カードの集め方と切り方だ。予想通り、デイの目の色が変わった。

「できるのか」

「これでも荒野《ヴァース》を彷徨《うろつ》く命知らずだからな。テメーだって拾ってやっただろ」

これで決まりだと思ったのに、デイは飛びついてこなかった。さっきまでとは違う、打ち捨てられた死骸のように淀んだ瞳が見下ろしていた。

「――――俺は叛逆者だ」

まるで、御伽噺に出てくる悪魔との契約だ。同行するならお前も同類に落ちぶれるという忠告を、わざわざ言葉にする神経がわからなかった。

「俺も連れていかなきゃ、場所は教えねーぞ。無理やり聞き出すつもりなら……」

「お前は……〈麗起〉じゃない」

「何それ……もしかして、ぶっ殺すのは〈麗起〉だけとか……マジで……？」

意外すぎて開いた口が塞がらなかった。この死神みたいな男は、こともあろうに人間に手をあげたくないと寝言をいって、詰め寄ってくる小娘を扱いかねて困っているのだ。

（コイツ、面白れーな）

愛想のない陰気な顔で黙り込んだデイに、ドミナはニヤリと嗤《わら》った。

「叛逆者だろうと構わねーよ。それと、サービスで教えといてやるけど……ニムラには、まだ〈麗起〉が三人いる。どいつも化け物揃いだ。弁務官をぶっ殺した以上、連中は草の根分けてもテメーを捕まえようとするはずだぜ」

分の悪い賭けだった。だが、ドミナはやろうとしたことを最後まで、もう無理だと思える瞬間まで続けようと思った。それが——この妙な叛逆者を欺く結果になるとしても、だ。

「〈麗起〉は殺す」

「その意気だぜ、相棒。食い残しなんてないように、よろしく頼むぜ」

「……警告はした」

ドミナは思い出したようにポンと手を叩いた。

「そういやー、もう一つだけあったな。手、出せよ」

黙って差し出された男の右手を握って、ブンブンと振り回す。

「だから、相棒だっていっただろ。今日から、しばらくは仲間ってワケだ」

デイは握られた手を不可解なもののように見つめていたが、

「俺に、仲間は……いない」

どうにも連れない返事を寄越した。

二章　廃棄城のエメ

　夜明け前の薄藍色の空の下。細い糸みたいな曙光の先触れに浮かび上がる巨城は、特大の影絵のようだ。

　岩山しかない赤い大地に忘れ物みたいな白亜がぽつんと、それでいて山より高く聳えている有様は、現実感のない怪談じみていた。

「丸一日ロクに休みもない強行軍で、よく生きて辿り着いたぜ」

　舳先のように突き出た岩場の上で、ドミナは昨夜の無茶苦茶な道中を思い返し、引き攣った顔で笑った。荒野《ヴァース》のど真ん中だから、耐熱コートにゴーグルと防毒マフラーをグルグル巻きの重装備で、他人に表情なんて見えないのだが。

「…………」

　隣のデイが相槌一つ打たないので、おやっとドミナは首を傾げた。

　この赤い鋼の男はとにかく変人だ。耐熱コートどころかマスクも着けず、ドミナからするとほとんど全裸丸出しの恰好で、昼は炎天、夜は氷点下、大気は有毒の過酷な荒野《ヴァース》を平然としている。いつも一緒に荒野へ出る機関獣《ウゴ》が人懐っこく思えるほど愛想がないのに、話しかけるといちいち丁寧に返事を寄越すクソ律儀。

　どこを取っても額縁に入れて飾っておきたいレベルでアレで、しかも自分の流儀を爪の先ほども変えようとしない極めつけ――それが一日付き合ってドミナの骨身に染みたデイという男だったから、様子の違う無反応を訝《いぶか》しむ。

「何を見てんだ？」

デイは淀んだ眼差しに地下の溶岩じみた情熱を篭もらせ、まだ数キロ先の城に釘付けだった。

「あれが廃棄城か」

「ああ、そういえば――」

『仇』がいるとかいないとか……そんなことを言ってたのを思い出す。心ここにあらずも仕方ない。

ニムラ辺境領のほぼ東の端にあるドミナたちの居住区《シェッド》を出てから、ほぼ丸一日が経過していた。距離にして三、四十キロほど南東に移動した地点。

荒野《ヴァース》では地図がアテにならない。危険な魔獣《マンティコラ》、装備がなければ半日ともたない過酷な環境に加えて、常識を嘲笑う荒野《ヴァース》では、地形さえ時折姿を変える。獲物を求めて一夜に百キロを移動する『移動砂漠』、手の届く距離にあるが永遠に辿り着けない『幻想山岳』など、人知を超えた驚異が数限りない。

普通なら、運良く大きな危険を避けられても三日はかかる道のり――つまり、正気の人間なら近寄らない荒野《ヴァース》の奥まで、三分の一の時間で到着してしまったのは、慎重に行こうというドミナの提案に馬鹿《同行者》がうんと言わず、最短コースを不眠不休で突っ走る大馬鹿をやらかしたせいだ。

「この目で見ても信じられねーよ。俺をおぶって一昼夜荒野《ヴァース》を渡るなんて、イカレてても考えねー……おまけに襲ってきた魔獣《マンティコラ》を——」

先夜の鮮烈な出来事を思い出すだけで身震いがした。獲物の匂いを嗅ぎつけて集まってきた鎧竜の群れへ、ドミナを抱えたデイは足も止めずに飛び込み、文字通り血路を切り開いた。左手はドミナで塞がっていたから、男が振るったのは右手一本。月下に拳が唸るたび、刃も槍も通じない強固な外皮を持つ竜が己の血潮に沈む光景は、凄惨だが痛快だった。

一度ならず、二度三度と。危険が立ちはだかる毎に、デイは躊躇いなく拳を振るった。

「そりゃあ、テメーに期待はしてたけどよ、予想よりもずっと大したもんだったよ。ちょっと前には行き倒れてたってのに……」

少女は突然バツが悪そうに口を閉じる。デイにしては珍しく無言なので、つい調子に乗って
「いったい何者だ」という余計な質問に口が滑りかけたのだ。

仲間になる時に聞くべきことは聞いた。これ以上踏み込むのは野暮だ。告白が全てデマカセで、敢えて黙っているのなら、それこそ立ち入るべき領域ではない。

「……それにしても、デケー城だ。ちょっとした都市《サンドリオ》ぐらいはある。こうして眺めてたたって仕方ねーから、一緒に考えようぜ」

「…………考え？」

ようやく返事らしい返事があった。戦う時はあれほど苛烈なのに、それ以外はどうにも回転が鈍い。

今はまだマシだ。目の前に目的地があるせいで、頭が戦闘モードに近いのだろう。付き合い

方が分かれば、やりやすい奴ではある。もしかすると、思いの他仲良くやれるかもしれない。

「城に忍び込む方法を……だよ。捜し物をするには中に入らないとダメだろ。だけど、ちょっと妙なんだよな」

「妙とは」

一見〈麗起〉らしい古風な様式の城には、規模以外にも異常な部分が幾つもある。灰色の城壁は高く厚く、まるで最初から一枚の石だというように切れ目一つ入っていない。何よりも、内外へ出入りするための城門らしいものが見当たらなかった。おまけに見える限り、あの城には人間も〈麗起〉も動く者の姿が何一つない。まるで墓標だ。

しかし、ドミナの言う「妙」は、見た目でわかる部分のことではなかった。

「見ろよ、正常器《カウンター》で調べてたんだけど」

ドミナが取り出した掌サイズの小型機関は、大気や土地の毒性を判定する、居住区《シェッド》の外での必需品だ。

「気になったのはこいつだ」

ゴーグルを外して顔を出して、正常器《カウンター》を作動させた。低い唸るような音を出しながら、オレンジ色に発光する。

「で、これってのは……」

「機関効率《エンジン・コン》が落ちているのか。二割、いや三割……」

せっかく鼻高々で説明しようとしたのが空振りしたので、ドミナは年相応に機嫌を損ねてプーと膨れた。

「なんだよ……もしかして学あるのか？」

得体が知れないとは思っていたが、機関効率《エンジン・コン》なんて言葉は、錬成技師《せんもんか》ではなくても、都市《サンドリオ》で教育を受けた人間でなければ出てこない。まともな意思疎通もできない男が、どんな過去を背負っているのか。興味が湧かないと言えば嘘だった。

「あー、そうじゃねえな……城が妙って話だった。原因はわかんねーけど、あの城に近づくほど機関の効率が落ちやがるんだ。けったいだろ。テメーの軌装は平気だと思うけど」

〈麗起〉の力の最高峰といわれる軌装については、ドミナも詳しくない。しかし、人間のデイが、荒野《ヴァース》の環境に平然と耐え、機関獣《ベステア》や魔獣《マンティコラ》をものともせず、〈麗起〉さえぶちのめせるのは、軌装が与える力のおかげだろう。

「万一でも干渉されたらヤベーからな。デイ、身体は何ともないか？　軌装に影響あったら、鈍いテメーでもさすがにわかるんだよな？」

「ない」

返事は影響がないのか、わからないのか。おそらく前者だろうと納得した。

「ないなら……いいか。それにしても、つくづくふざけた城だよ。領主のヤローは何であんな城を建てたんだか。廃棄城って名前もおかしいよな。何かヤバいもんでも捨ててあるのか。ま、〈麗起〉のやることなんて考えても仕方ねーか。一緒にあの城壁を乗り越える知恵を絞ろうぜ。でも、壁をぶち抜くのは無理そうだし、よじ登るにも手がかりになりそうなものはないし……

デイ、何か考えは――」

無口な相棒の代わりにドミナが捲し立てると、珍しくデイが口を挟んできた。

「ありがとう」

身勝手に、一方的に、そんな言葉を後に遺した。

「待った、待って……テメー、今なんて言ったんだ？」

常識を知らない馬鹿が大馬鹿をしでかしそうな嫌な予感がした。ここまで案内してきたお礼を言われたと気づいたのは、男が行動を起こした後。即ち手遅れだ。

デイは振り向くこともなく、真っすぐ城へと疾走した。瞬く間に背中が遠くなる。

「前言撤回だ、バカあ！　テメーとなんて仲良くやれるもんか！」

＊＊＊

ドミナの呼びかけももはや遠く、デイが走る。走る。走る。

走りは疾走に。そして更に加速する。

「待ったぞ」

煮えたぎる呪詛めいた呟きには、滅多に見せない感情が篭もっていた。

「十五年だ……やっと追いついたぞ、エメ」

男はずっと追ってきた。長い年月、唯一の手がかりである『エメ』と呼ばれる何かを、大切な宝石箱の鍵のように抱え込んで生き続けてきた。あるいは死に続けてきた。

今、それが、手を伸ばせば届くところにある。

「――**軌装転概《オーダー・エッジィ》！**」

烈走する男が炎に包まれた。外ではなくデイの内側から現象変成《エードラム》で溢れた奇跡の炎であり熱だ。紅蓮の火柱を突き破って、血のように赤い影が飛び出す。赤い白骨を連想する、赤い鋼の軌装《かいぶつ》が。

軌装が爆発した。鎧甲の関節から炎を噴射して、デイは枯れた世界を燃やす灼熱の波に乗る。炎と黒煙の尾を引きながら、砲弾のような真っすぐの軌道で城へと跳躍――いや、文字通り自分を砲弾として打ち出す狂気だった。

軌道が最高度に達した際、再びの爆発。赤い鋼が更に加速しながら、空中で鋭角に軌道を変える。昇っていた軌道が斜め下へ。

廃棄城を囲む城壁の上に突き刺さる。限りなく墜落に近い着地。辺りが瓦礫に変わり、立ち上る黒煙の中から、ぬっと赤い鋼が歩み出る。

「エメ、どこだ」

城壁の上から廃棄城の造りを見渡す。

「まずは城の中央……あそこか」

中央の天守らしい建物に当たりをつけて、跳躍するべく両足に意識を集中した時、城壁上部のブロック状構造体がモーフィングのように変形した。

一辺三メートルほどの金属状の構造物は液体のように形を変えて、侵入者撃退用の機関獣《ベステア》になった。

「むう」

居住区《シェッド》で戦ったものよりも、ずっと大きい。赤い鋼の倍近い巨躯の中型機関獣《ベステア》が前後に一体ずつ現れ、挟撃の構えを取る。

二体の獣は同時に疾走を開始した。巨体とは思えない速度は、たとえ百人がかりだろうと人間には止められない。

だが、ここにいるのは無力な人間ではなく、デイだ。

「邪魔だ」

容赦なく、右の鉄槌から左フックを叩き込み、前方の機関獣《ベステア》を瞬殺する。ドミナが近くで見ていれば、居住区《シェッド》での戦いと比べても、あまりの荒々しさに危惧したかもしれない。

一体を仕留めた隙を狙い澄まして、背後から飛びかかってきた機関獣《ベステア》が、赤い鋼にガキッと噛みつく。だが、赤い装甲を牙は貫けなかった。動きの止まった相手の眉間を、デイが拳でぶち抜く。それだけでは飽き足らぬように、左右のラッシュを叩き込む。拳を振り下ろすのをやめた時、機関獣《ベステア》は原形を留めていなかった。

「邪魔だ！」

もう一度切り捨てて。デイは再び爆発加速で城の中央へ向かって跳躍した。

＊＊＊

ドミナは城壁の戦闘を、息をするのも忘れるほど見入っていた。

まだ夜が明けきっていないのと距離のせいで、ほとんどまともに見えなかったが、男《ディ》が勝ったのはわかった。

「やりやがった、機関獣《ベスティア》が相手にもならねー！」

あの大きな城に真正面から突っ込むなんて馬鹿をしでかした時は、ぶん殴ってやろうかと思ったが、男は変わらないはずの、この世界の正しさを容赦なくぶちのめす。

追いつけるのなら、今すぐ抱きしめてやりたかった。

「あのヤロー、手も振らずにいっちまいやがった。ったく、無愛想にもほどがあるだろー!!」

デイはもう見えない。おそらく城内へ入ったのだろう。あの戦いぶりなら、〈麗起〉が相手でもどうってことはない。廃棄城に何が待っていたとしても、あっさり『エメ』を捜し出して、戻ってくるのではないか。そんな期待さえ抱かせてくれる。

しかし――男の帰りをまんじりともせず待つドミナは、すぐに自分の目算が儚い夢だと思い知らされた。

「なんだ、こりゃ!?」

突然、白み始めていた空の光が消えて、夜に巻き戻った。

「……この音は、まさか――」

すぐに、自分の周りが夜になっただけだと気づく。青色を見せ始めた朝焼けの空を、耳鳴りのような機関音が震わせている。

頭上から影を落としているそれを見上げて、ドミナは血の気の引く音を聞いた。

＊＊＊

迷路のような城の内部に侵入した赤い鋼は、飛ぶように走る。

巨大な建造物に相応しい巨大な回廊は、機関獣《ベステア》でも問題なく歩き回れる高さで、スケール感が狂う。

「どこだ、エメ」

回廊の、絢爛豪華《けんらんごうか》だがどこか空疎な装飾は、デイの目に入ってもいない。一瞬も止まらず、秒毎に加速して、白亜の床を踏み砕きながら駆けていく。弾き飛ばされた大気が回廊に唸った。

自律の警備機関が次々と立ちはだかったが、一切無視した。警備用機関やぶ厚い隔壁、戦闘用人形《レヨン》の区別なく、全て粉砕して進むデイの行く手を、やがて一際重厚な赤い扉が遮った。

扉の向こうは普通の構造の城なら、玉座の間とでもいうべき場所だろう。ノック代わりの右の直打。封鎖した扉を無惨に吹き飛ばし、強引に広間へ押し入る。

「……妙だ」

これまでは扉を破ると即座に警備用機関が作動したのに、静かすぎた。

「この城の作り……まるで……」

擦り切れた記憶をまさぐる。放浪の途中で何度か、〈麗起〉の城に踏み込んだことがある。その時の印象とこの廃棄城はまるで一致しない。城の様式は様々だろうが、そんな上辺ではなく。

何重もの封鎖された隔壁、迷路のような通路――それは城というよりも。

「中のものを出さないために作った……」

そう、迷宮だ。古来の伝承には、怪物を閉じ込めるために迷宮を作った王の話がある。神の怒りをかって己の血に現れた怪物に恐れをなした支配者は、殺すこともできぬまま、築いた迷宮の奥に怪物を閉じ込めるのだ。

デイが視線を回した。広間の奥に何かがいた。

「――女、だと」

事実、女がいた。豪奢な作りに似合わず、灯りのない室内にぽっかりと浮かび上がるような女だった。鎖で手足を繋がれ、大の字に磔《はりつけ》られていた。

鎖はやはり繋ぎ目のない壁のどこかから伸びている。壁からそのまま生えているような、奇妙な印象があった。

白い女だった。髪は銀、肌も衣服も白。ここが迷宮だとするなら、磔《はりつけ》の女は奥に待つ怪物へ捧げる生贄だ。

「……〈麗起〉」

一目見て判る整いすぎた造形は〈麗起〉特有のものだ。女は明らかに人間ではないが、これまで出遭ったどんな〈麗起〉とも似ていなかった。

〈麗起〉の造形は美しさを基本とする。作られたものであるから、美醜の基準には創造者の嗜好が反映される。彼らの美にはある種の共通した印象があるのだ。

デイの感性は錆びついているが、〈麗起〉に関しては鼻が利く。それが何一つ感じ取れないのは異様だった。

「なん……だ」

デイの呟きに応えるように。ゆっくりと、眠っているような女の目が開いた。

城内でこれだけ派手に騒いでいたのだから、実は最初からデイが居ることに気づいていたのか、それとも世間の出来事は些末だと気を回さず、今ようやく目覚めたのか。女の冷淡な面差しからは、どちらなのか覗えない。

ただ、デイを熱のない冷ややかな眼差しで見つめて、

「——おかえりなさい」

女が先に口を開いた。

「…………」

デイは返事に迷った。毒気を抜かれたというより困惑したのだ。

「俺はここにいたのか？」

「頭の悪いことを言いますね。ここで生きているのは私一人に決まっています」

いきなり意味不明な女に、グッと言葉に詰まった。

（……会話は苦手だ）

思い返すと、この数日で数年分は喋っている気がする。

ドミナという少女が自分から関わってくるのは、天変地異に近い異常事態だった。世界そのものでもある〈麗起〉を殺すデイは、どこから見ても完全無欠の狂人だ。正気の人間は、それこそ善悪の区別なく近づこうとしない。

「貴様がこの城の主……いや、囚人……か？」

ここは城の中心だ。広間全体を彩る豪奢な装飾は明らかに王座をイメージさせた。その主である女は、四肢を鎖で繋がれ、王座から離れることもできない。

「どちらでも、貴方が思う方で構いません。大した違いはありませんから」

「――エメはどこだ？」

「押しかけておいて詰め寄るなんて、随分と勝手ですね。礼を知らない生き方は、いつか行き場をなくしますよ」

「……なくて構わん。エメを知っているなら答えろ」

この期に及んで律義な返事をする男を、白くたおやかな顔が面白そうに見返す。

「エメを捜しているのですか」

「答えなければ殺す」

デイは、いつもの調子を取り戻した。相手が〈麗起〉なら、やるべきことは迷わない。倒し、聞き出し、殺す。そのルーティンを繰り返せばいいのだから。

「それは困りました。ええ、私も困りますが、場合によっては貴方も困りますね」

女は儚い外見に似合わず多弁だが、どこかピントが外れていた。

「何が言いたい」

「そうですね。一言で言うと」

そして、女はゆっくりと口を開いて、

「――私がエメです」

「…………………………なに?」

今後こそ、予想外すぎて固まってしまった。

「本当ですよ?」

途惑っていたのはほんの数秒だ。すぐにデイはいつもの調子を取り戻した。王座の間を乱暴に横ぎって近づき、鋼の右手でエメの首を掴んで締め上げる。細い首は〈麗起〉とはいえ、容易く摘み取れそうな気がした。

「お前がエメだと」

女の言葉はようやく得た手がかりだ。震える指先は、微かな光明に縋ろうとするかのよう。

「鎖で縛られた女の首を絞めるなんて、最低と思わないですか。そう、思わないのですか。わかりました。というより苦しいです」

「――十五年前のムーンシェルを憶えているか」

デイの目が狂気を帯び、鋼の指先が女の白い肌を引き裂き、喉に食い込む。〈麗起〉特有の青い血が落ちた。

「その問いに、どんな意味が？」

この期に及んでも、女は抵抗一つしなかった。手を振りほどこうともせず、玩具のようにされるがまま。

「エメならば――あの場にいたはずだ……仲間は、死んだ、全員、ムーンシェルの住人も……憶えている、俺は……だから、今度は……俺が、〈麗起《おまえたち》〉を殺す」

その時だった。

凄まじい砲撃が廃棄城に命中して、王座の間が激しく揺れる。天井が崩れて、瓦礫が豪雨のように降り注ぎ、デイとエメは否応なく膨大な質量に呑み込まれていった。

＊＊＊

廃棄城上空、夜明けを迎えた眩しい日差しの中で、巨大な鳥が翼を広げていた。

鋼の翼で羽ばたくことなく空を回遊するのは、ニムラ辺境領を統治する領主が持つ機関式浮遊船《ジファール》だ。機関でも大型に類し、とりわけ貴重な空を飛ぶ機関駆動体であると同時に、遺物《レガシー》でもあった。

遺物《レガシー》とは、『不死戦争』当時に高度な現象変成《エードラム》で建造された機関だ。不老不死の〈麗起〉にとって、年月で技術や知識が失われる心配はないが、高度機関は複数の高位〈麗起〉が集まって創り出す。

帝国が崩壊して以降、〈麗起〉の多くが自分の領地に引き篭もって、終わりなき怠惰な統治を続けている。現在、複数の高位〈麗起〉が集まる機会はほぼなく、高度機関を造り出す術は失われたに等しかった。

機関式浮遊船《ジファール》を浮かばせるだけでも膨大なリソースを消費する。よほど潤沢でなければ運用も維持も難しい代物であり、その一事からも、ニムラの領主が持つ、侮りがたい力のほどが窺える。

巨鳥の背中、それも尾部に近い場所に尖塔めいた構造物がある。機関式浮遊船《ジファール》を指揮する船橋であり、そこには領主と腹心たちの姿があった。

玉座を思わせる一際高い席に、古代の王侯の如く悠然と座す、獅子を思わせる豪奢な金髪と熱のないどこか淀んだ眼差しの男がいる。このニムラ辺境領を支配する領主、その人である。

傍らに立つ長身の偉丈夫は、領主の片腕ともいうべき武団長・ギヨームだ。更に一歩下がって痩身の執事・ヘルガが控えている。今は亡き弁務官・ベノワと彼ら三人が、ニムラ辺境領を支配する〈麗起〉だ。

この玉座は〈麗起〉の御座船らしく、古典的で洗練された装飾が施されていた。三人の〈麗起〉の他には、機関を操作する人形《レヨン》がカチカチと人形劇のように動き回っている。その監督役として、人間でありながら〈麗起〉の船に乗ることを許された数人の錬成技師《アートクラフター》たちが、忙しく様々な指示を出していた。

「主、中央塔が崩落いたしました」

一定間隔ごとの砲撃で船橋全体が振動する。正面はガラス状の透明な材質で、砲撃で黒煙をあげて形を失ってゆく廃棄城がよく見える。

「間違いなく、廃棄城の封印は破られたのか？」

直立不動のヘルガに応えたのは、玉座に腰かけた主ではなくギヨームだ。

「信じがたいですが……居住区《シェッド》の人間どもの証言では、ベノワを倒した叛逆者は廃棄城を捜していたとのこと」

「何を馬鹿げたことを。人は〈麗起〉に勝てぬ。誰かが攻め込んできたに違いない」

ギヨームは文字通り信じるに値しない報告を一蹴した。

「同胞を殺す〈麗起〉など……」

「建前など聞いておらんぞ、執事。偉大なる〈ザ・ワン〉がお隠れになって以降、同胞との争いなど珍しくもない。この数年でも、死んだ〈麗起〉は何人もいる。コンラの領主も、隣接する領主の謀略で殺されたのだろう」

「叛逆者が〈麗起〉であれば……なおさら廃棄城の封印は解けません」

そこで、王座に腰かけたままの領主が初めて口を開いた。

「嘆かわしい……帝国の栄光も地に落ちたものだな」

ギヨームとヘルガが直ちに居住まいを正す。

「叛逆者が何者か、捕らえれば知れることだ。壊れたなら残骸を調べればよい」

「その任、ぜひ私めに」

黒煙を噴く廃棄城を眺めるギヨームの瞳は高揚しており、叛逆者が仲間を殺したという事態を明らかに喜んでいた。

震えているのだ、戦えるという歓喜に。それは人間を殺す喜びとは違う。彼は戦うために創られた。領主や執事とは異なる目的の〈麗起〉であり、それだけに今の世界では退屈を持て余すしかない。

〈麗起〉は地上を支配する霊長の終端だ。戦うべき相手を失って何年か。最強の力を持つが故に、機関獣《ベステア》や魔獣《マンティコラ》をいくら殺したところで充たされない。

「技師、述べよ」

主の意を汲んだヘルガに命じられ、その場で最も高位の錬成技師長《アートメンター》が進み出た。

性能では遥かに上回る〈麗起〉が人間種に及ばぬ点をあげるとすれば、種としての希少さであるだろう。『不死戦争』の後に造られた新世代を加えても、彼らの総数は人間種に比べてあまりに少ない。それ故に、人間は〈麗起〉にとって、安価な労働力として、あるいは人形《リヨン》や機関獣《ベステア》の統率用部品として、使い勝手のいい道具足りえた。中には数世代に亘り、〈麗起〉に仕え続けている人間の血統も存在した。

この船の錬成技師長《アートメンター》は、五代前からニムラ領主《グザヴィエ》に仕える、由緒正しき都市人《てんじょうびと》だ。

「……恐れながら申し上げます」

領主の前へ正座で進み出て、形式に乗っ取って厳かに土下座する。〈麗起〉と隷属する人間種のやり取りは、多くの遠回しで歴史ある形式に基づいている。最高位者であるグザヴィエに直接口をきくことは許されない。

「砲撃を続けますと、廃棄城の管理プロトコルに抵触してしまいます」

錬成技師長《アートメンター》は、息継ぎ一つ間違えれば不敬として処罰されてしまう、謁見儀礼を完璧にこなした。

「続けよ。あれを傷つければ死を賜わすぞ」

「聞いたな。続けよ」

「承知いたしました！」

まるで忠実な人形のように、錬成技師《アートクラフター》たちは命令を実現すべく動き始めた。

＊＊＊

廃棄城全体が悲鳴をあげていた。

広間の天井が崩れ、数メートルもある構造物が幾つも降ってくる。その岩塊じみた構造物が粉々に粉砕された。赤い鋼が突き上げた左拳の一撃だ。

「何が起きている？」

デイは突然の異変には動揺しなかったが、表情を変えないエメの頭上へ、別の構造物が落ちてきたのには顔色を変えた。強引に引っ張らなければそのまま潰れていた。女が避ける素振りを見せなかったからだ。

「何故……避けない？」

心臓が無事なら〈麗起〉は死なない。城に潰されても、何百年か動けなくなるだけだが、望んでそうする輩がいるのか。

「助けてくれたのですね。お礼を言いましょう」

返事もせず、首を握り潰されそうになりながら、いけしゃあしゃあと告げる女の面の皮の厚さは大したものだった。

ギギッと鋼を擦るような音がした。結果的にとはいえ、〈麗起〉を助けてしまった。

（この女は——生かす必要がある）

縊り殺したい嚇怒《かくど》を何とか抑えつける。それにしても——奇妙な女だ。先ほど、無駄なことを聞いてしまったのも、この女の匂いが、デイの知るそれとどこか違っていたせいだ。咄嗟に〈麗起〉と思えなかったのだ。

「城が崩れ出したのは貴様の仕業か？」

「そんな面白おかしい仕掛けをした者がいるのなら、ぜひお話ししてみたいところです。これは、おそらくグザヴィエの仕業かと」

「グザヴィエ？」

「ニムラ辺境領の領主です」

拍子抜けするほどあっさり得られた回答に、デイは得心するよりも訝しんだ。

「領主が、戦争《パルティ》を仕掛けてきたのか」

〈麗起〉は時折、永遠に続く生の余興として争った。個人の決闘から領地をあげての戦争まで規模は様々だ。領土や地位を賭けることもあれば、人間や資源を浪費するだけの遊興めいたもののこともある。

「どうでしょう。私は虜囚です。囚われの身の者に戦争《パルティ》を挑む領主……がいると思いますか？」

わざわざ領内の自城を攻撃するような趣味は、〈麗起〉としても変人の部類だろう。

「この様子だと、城自体、もちませんね」

何もかもが崩れていく状況で、エメはついさっき自分を殺そうとした男を相手に、どこか愉しそうに微笑する。

軌装の面甲の下で、デイは獣のように低く唸った。捉えどころのなさ過ぎる女の態度に、珍しく怒りに似た感情を抱いていたのだ。

しかし、迷っている時間はない。限界を超える衝撃に、広間全体が一気に崩れ出す。

「――――来い！」

縊り殺す寸前だった〈麗起〉の女を、デイは左腕で荒々しく抱いた。

「殺すのでは？」

「……喋ってもらう。ムーンシェルで何が遭ったのか。知っていることを全て」

「私を城から持ち出すつもりですか。まるでコソ泥みたい」

「逃げれば殺す」

「逃げなくても、喋り終えたら殺すのでしょう？」

「そうだ」

女は呆れ顔で笑った。

「お為ごかしもないとは……率直すぎて笑いが零れますね。建前でも、相手に喋らせる努力ぐらいはしてみせなさい」

デイが眉を顰めた。いかにも不本意で、何を言われたのか理解できないというよう。

「そう。貴方という人がわかってくるほど、殺意を覚えられそうで何よりです。ですが、私を喋らせる前にすべきことがあるのは、さすがに理解しているのでしょう」

幾つも立て続けに落下してくる、数メートルはある城の一部。デイがジグザグに跳躍した。女を抱えたまま、構造物の雨を縫って疾走する様は稲妻を連想させた。

「わかっているようで何よりです」

女はまるで花だった。この危地で怯えるどころか一顧だにしない。世の汚濁《おだく》の触れることなく咲き誇る大輪のよう。

「でも、私付き《ハンデ》で無事ここを脱出できると思っているのなら、相当に呑気なのですね」

「領主の狙いは、俺か？」

「自己評価が高すぎます。それとも狙われる心当たりが……あるのですか？　その返事は意外です」

デイは崩壊する回廊を駆け抜けていく。判断を誤れば、即座に巨大な構造物に圧し潰される。その地獄を速度に任せて、無数の瓦礫を力任せに吹き飛ばしながら押し通る。

「狙われるような敵意をかっているのであればなおさら、城を崩すような迂遠な手段ではなく、自分たちの手で倒そうとするでしょう」

「それが〈麗起〉だ。その傲慢《ごうまん》と驕慢《きょうまん》が」

「その点は同意しましょう。それで、何をしたのですか」

「〈麗起〉を殺した」

「殺した、ですか。皮肉が上手いですね。でも、質問にまったく答えていません。私に伝わった情報はほとんどゼロです」

抱かれたままエメが微笑を、その形をした温かみのない表情を作った。

「領主の部下と名乗っていた」

「殺した相手がですか？　それならばわかります。理由にはならなくても、キッカケかもしれません」

「好都合だ。この場で領主も殺す」

「愉快な男。グザヴィエがどれほどの〈麗起〉か知らないのね」

女の皮肉めいた返事を無視して、デイは頭上を睨んだ。

「埒があかない。上へ抜ける」

「私を拉致して埒があかないとは……なんて言ったの？」

「廃棄城の中は、迷路だ。崩れる前に抜けるのは」

「そうね、無理でしょう。上へ抜けるのが最短なのも道理でしょう。でも、それは城ごと貫くということ。そんな真似が、」

「できなければ、終わる」

デイが爆発した。爆発にも似た炎を噴き出し、廃棄城に乗り込んだ時と同じく、自分を砲弾と化して真上へ跳ぶ。

「ぐ、おおおう————！」

落ちてくる瓦礫をぶち抜き、そこを足場に更に上昇する。それを幾度となく繰り返し、城を縦にぶち抜いて、外へ出ようというのだ。

力技というのも烏滸《おこ》がましい狂気の沙汰。デイはエメを抱えたまま拳を振るい、次々と瓦礫を打ち砕いた。噛みしめた唇から苦鳴が漏れる。

「貴方は……馬鹿なの？」

「ようやくの手がかりだ。こんな場所で、俺は死なん」

目の前に巨大な瓦礫が迫る。砕く。瓦礫が迫る。砕く。瓦礫。砕く。終わることのない地獄が続く。軌装がどれほどの力を与えていても、このままでは尽きるだろう。

憎悪か、それとも執念か。デイの内にある得体のしれないものが、心臓を激しく高鳴らせた。かつてない莫大な力が、不可能を覆す力が、鋼の四肢に満ち溢れてくる。

「るおぅおおおお――――!!!」

崩落の豪雨の中で、二度目の爆発が起きる。赤い鋼の上昇が速度を増す。二度では足りず、三度、四度目の爆発。デイは血の涙を流す。衝撃が、加速が、その全てが耐えがたい責め苦だ。内臓を掻き回されながら、もう何度目とも覚えていない右の拳を振り上げて、遮るものを叩いて砕く。

手応えが変わった。視界が一気に広がる。瓦礫の雨があがり、デイとエメは空へ飛び出す。

「まぁ……まるで、青い色に抱かれているようね」

空を飛んでいたのはほんの数秒だ。翼を持たない軌装は、重力という理に引かれて、まだ形状を保っている廃棄城中央の塔最上部に落ちた。

辛うじて足から着地した血塗れのデイが、荒い息を吐き出す。

「…………抜けたか」

「頭の悪い人間のすることには……ついていけません」

「…………同感だ」

「冗談のつもりですか？　似合っていませんね」

「いや――」

デイが拳を繰り出した。巨大な物体を打ち返す、快打音が響く。拳を中心に、高速の物体が衝突した衝撃の円波が広がる。並の人間なら間違いなく鼓膜が破れ、内臓への衝撃でショック死していただろう。

音に相応しいサイズの砲弾が、拳で先端を拉《ひし》げさせて真上へ飛んで砕け散る。デイは打ち返した反動で、レールの如き両足の跡を刻みながら、数メートル後方へ飛ばされた。

機関式浮遊船《ジファール》が発砲した砲弾を弾き返した拳に一瞬遅れて、ようやく発射音が届く。

「冗談のつもりはない」

かつて廃棄城と呼ばれていた瓦礫の山の真上から、デイに影を落としているのは巨大な鋼の怪鳥だ。

「やはり、グザヴィエの船」

「好都合だ」

デイはいつも通り端的に言った。

「グザヴィエを、殺すのですか?」

「〈麗起〉は、殺す」

「頭の悪い貴方に忠告しましょう」

赤い鋼の腕の中から、囚われの姫のような白い〈麗起〉が見上げていた。

「私を奪うか、領主を殺すか。選ぶなら、どちらか一つになさい。全てを掴めるほど、人の手は大きくありません」

＊＊＊

「あれには当てるなと命じたぞ」

玉座から冷酷に見下ろす領主に、錬成技師長《アートメンター》は蒼白になって土下座し慈悲を乞う。

「お、お許しを、この人形《レヨン》たちが不始末を……」

「主に直言するとは何事か！」

「ひぃっ」

ギヨームの一喝に怯えた男へ、

「では、人形《レヨン》もまとめて取り換えよう」

グザヴィエがグッと手を握った。

「ひ、ひぃいい――アガッ！」

逃げようとする男の足下の床が、不定形の生物のように盛り上がり、男と数体の人形《レヨン》をまとめて磨り潰した。死体と残骸もろとも床に呑み込まれると、全ては元通りになった。点々と飛び散った僅かな血の痕を残して。

「砲撃を中止いたしますか？　外に出た以上は無意味かと」

「私が捕らえてまいりましょう」

ヘルガの進言に、ギヨームが目を輝かせながら名乗りをあげる。しかし、

「主、高速で接近するものが……砲撃、いえこれは」

グザヴィエが表情を疑問で曇らせたのは、終始冷静なヘルガの報告が珍しく驚愕混じりであったからだ。吟味する間もなく、それこそ砲撃されたかのような衝撃で機関式浮遊船《ジファール》全体が

激しく揺れた。

「何事だ！」

砲撃などあり得ない。そんな兵器は廃棄城にはない。

「鋼です！　体当たりしてきたのかと」

「逃げるどころか特攻してきたと？　この船にか」

城の上空を飛ぶ機関式浮遊船《ジファール》に手を届かせたことが信じられない。それを可能にする現象変成《エードラム》があったとしても、正気の沙汰ではない。自分から喜び勇んで虎穴に飛び込むというのと同じだ。

「蛮勇か、面白い」

グザヴィエが優雅に笑った。これほど愉快に想うのは、果たして何十年ぶりだろう。

＊＊＊

それは、美しくも巨大な鋼の怪鳥を汚す一点の染みだった。

上空を飛ぶ機関式浮遊船《ジファール》の翼後部、抉られたような醜い破壊痕ができている。傷は深く、内部まで届き、循環系に引火したのか黒い煙がたなびいていた。

黒煙がちぎれて晴れる。強風ではなく、斬り裂かれたのだ。傷ついた翼の上に、赤い影が立っていた。人によく似たシルエットでありながら、見る者に赤く燃える白骨、異形の死神を連想させた。その影に沁みついた、あまりにも濃い流血と屍の臭いがそうさせるのか。

「殺す方を選んだの。貴方にとって、憤怒《ふんど》は何ものにも勝るのね」

細く鋭利な印象の腕に抱えられたエメは、逃げようとする素振りもない。上空の強風で膨らんだ長いスカートがはためく。

「逃げれば、殺す」

「繰り返さなくても、わかっています。でも、このままだと殺す前に死にかねませんよ」

軌装越しのデイの声が掠れていたのは、怒りだけではなく疲弊のせいだ。

「〈麗起〉でない者が軌装を纏って戦えば、そうなるのは当然です」

デイの戦いは命を燃料にして飛ぶロケットのようなもの。廃棄城から脱出し、この機関式浮遊船《ジファール》に取りついた。人間には不可能な奇跡を具現するために、どれほどの血肉を削り取ったかは、本人以外与り知らない。だが、一方的に終わったように見える弁務官との戦いですら、デイにとっては自分の余命を喰らっているようなものだった。

「そんな状態で、グザヴィエと戦う必要が？」

「貴様と……関わりがある」

「そうですね。彼は廃棄城を管理していましたから」

「ムーンシェルにいた貴様は……殺す。貴様と関わりのあった奴は同罪だ」

「だから、グザヴィエもこの場で殺す、と。分かり易くて素敵ね」

狂気そのものの理屈だが、デイは譲るつもりがまるでない。エメは溜息を吐くでもなく、鋼の胸の寄り添うように身を寄せて、愉しそうに笑った。

「領主は、どこだ？」

船に取りついた時点で、攻撃は止んでいた。砲撃で船体を傷つけるのを避けたのか。

大きさを比べれば猫が鼠を噛むに等しい差があるが、この鼠は軌装。この世界における最強の力だから、充分な時間があれば、単独で機関式浮遊船《ジファール》を破壊することは可能だ。

だが、今のデイにそれだけの余力が残されているか。

「あれか」

そんな計算を無視して、デイは巨大な船体のほぼ中央に目標を見定めた。突き出た尖塔――機関式浮遊船《ジファール》を制御している玉座である。

軌装ならほんの数秒、目と鼻の先の距離。とはいえ、それは地上なら、である。空を行く機関式浮遊船《ジファール》の翼の上は、轟々と吹き荒れる強風と一歩踏み外せば地上へ墜ちていくという地獄だ。

「私を連れて、あそこまで行くつもりなの？」

意図を察したエメが、腰を抱かれたまま非難じみた口をきく。

「そうだ」

「一度、貴方の脳の大きさを確かめたくなるわ」

「好きにしろ」

「そう。死んでください」

デイの無謀も、エメのもっともな非難も実現はしなかった。いつの間にか、痩身の影が機関式浮遊船《ジファール》の外壁に現れていた。強風に長く美しい髪と煌びやかな軍服の裾をはためかせた美丈夫は、ヘルガである。

「軌装を使う叛逆者へ名乗りましょう。わたしはニムラ辺境領の領主・グザヴィエ様の執事・ヘルガ。主に代わって参上いたしました。主の言葉を伝えます。大人しくエメ様を渡すなら、自ら死を選ぶ慈悲を与える」

「〈麗起〉は殺す」

デイは何の感慨も向けなかった。ヘルガが何者だろうと〈麗起〉であれば倒すのみ。

「貴方、本当に他人と会話ができないのね」

エメを左腕で抱いたまま、グッと腰を落とし、赤い鋼は跳躍に備える。損なえば遥か地上へ墜ちていくという、首筋に当たった死の刃にも躊躇いはない。

「恐れを知らぬばかりか、無礼の極み」

「!?」

ヘルガの姿は、瞬時の内にデイの懐にあった。速度ではなく死角を突いた、危険な毒蛇にも似た移動法からの、刃を思わせる手刀の舞。

次の瞬間、断頭刑に処すはずの一手刀《ひとたち》が空を斬った。

「思いの他やるものですね、叛逆者」

「これからだ」

デイの足下が爆発する。炎を噴き出して加速し、真っすぐに跳躍した。十メートル以上の距離を一歩で抜けて、鋼の拳が上から下に一撃する。

大振りの一撃が、機関式浮遊船《ジファール》の翼に新たな粉砕痕を作り、巨大な鳥は恐怖したように振動した。

「次は逃がさん」

「この力……あなたは人間なのですか？」

捉えるはずだったデイの拳は空を切ったが、その威力に顔色を変えたのは、間一髪で避けたヘルガだった。

油断……とも言えなくない僅かな緩み故の紙一重だが、僅かでも反応が遅れていれば打ち抜かれて死んでいた。これほどまで肉薄されるという事実そのものが驚愕であり、

「〈麗起〉であるこの身が死を想ってしまうとは、何という屈辱！」

冷静だったヘルガが、端麗な貌《かお》を隠しようもない怒りに歪ませる。人間相手に——それもまた〈麗起〉にとっては許しがたい。

「死は、これからだ」

執事の怒りを凌ぐデイの憎悪の熱量。〈麗起〉の傲慢を踏みにじるように、右拳を握りしめる。

「人間風情が大言壮語を！　我らに死は無用のもの。墓の底で大人しくしておれ！」

狂風吹き荒れる上空で、二人の男が激しく火花を散らせた。刹那、全ての音が途絶える。男

たちの意識から、討ち滅ぼす敵以外の全てが消えた。それが死線の瞬間だ。

「消えなさい、叛逆者！」

身を低く、前傾姿勢を取ったヘルガが音も無く滑る影のように疾走し、デイの心臓めがけて抜き手を繰り出す。

「俺が、死だ」

その場に留まったまま、デイが拳を振り下ろす。方向は真下。次の瞬間、命中箇所が間欠泉の如く炸裂する！

「これは!?」

噴き出した瓦礫の作る死角を移動して、背後へ回ったデイからの一撃をヘルガは避けきれなかった。視野の外からというだけではなく、純粋に速度が増している。初撃に勝る二撃目はガードするのがやっと。数メートル近く前方へと吹き飛ばされた。

「ぐが……っ」

だが、手負いの獣のように呻いたのはデイだ。

避けられないと知って、ヘルガは鋭角に向きを変え、赤い軌装めがけて一直線に踏み込んだのだ。迫る鋼の拳に自ら突き進む判断が、間違いなく必死だった一撃を相打ちにさせた。デイの拳が庇った左腕をへし折るまでのコンマ数秒に、ヘルガの手刀が鋼の脇腹を斬り裂いた。

「しまった！」

しかし、失策の叫びはヘルガのものだ。

デイの加速が予想を上回った。一歩ごとに一秒ごとに、想定を振り切って上昇していく赤い軌装の速度に、精緻《せいち》なはずの照準は狂わせられた。エメを避けて赤い鋼を両断しようとした執事の右手が斬り裂いたのは、赤い鋼の胴ではなく左腕だ。

一瞬、デイの左腕が力を失い、回避のために行った急旋回の慣性で、支えを失ったエメの身体が空中に投げ出された。足下に何もない、高空の宙へ。

「――エメ様！」

執事が翼から身を乗り出すよりも、先に動いた者がいた。

デイが跳んだ。躊躇いなく空へ。

落下の風を孕んで大きく広がったドレスが、薔薇の花びらを思わせて蒼穹に咲く。

エメは表情も変えず、頭上を見上げていた。

赤い色と目が合った。翼もない赤い鋼が、女を追って飛び降りていた。狂気と呪いだけを燃やした男の、淀んだ眼差しと。

「貴方、恋に堕ちたみたい」

女は微笑んでいた。奈落へ墜ちゆく瞬間にも変わりなく。

聖女のように笑む白い女を、赤い怪物が追いついて捕まえた。二つが一つになって、重力に引かれていく。

機関式浮遊船《ジファール》も進路を制御できなかった。デイに受けた傷は思いの他深く、あらぬ方へ飛んでいく。

「おのれ……おのれ、叛逆者」

翼の上からヘルガは怒りとも屈辱ともつかない表情で、墜ちていく二人を見送る。

「逃がしはしません。その花は必ずや——」

＊＊＊

耳元で轟々と風が唸る。

千メートルの高度から、デイとエメは地表めがけて落下する。白昼の空を墜ちる赤い星と胸に抱かれた白い花。ほぼ真っすぐ、やや右に傾いた軌道で重力に引かれていく。

デイは血が滲むほど歯軋りした。目の前に現れた〈麗起〉を殺せなかった。領主に近づくこともできなかった。行き場を失った怒りと呪いが身体中を駆け巡り、今にも噴き出しそうで堪らない。

地表に激突するまでの僅かな秒間。仰向けに墜ちていくデイの目に飛び込んでくるのはひたすら青い空だ。空を見上げて、何かを想う人間らしさはとうに摩耗した。

なのに。それでも——世界は美しい。

「あ、お……」

呟きは風に切り飛ばされる。どれほどの怒り、どれほどの呪詛があろうと、空の美しさは変わりなく清爽だ。高みから嘲笑うような蒼穹には、どこかへ飛び去ったのか、傷ついて黒煙を吐く機関式浮遊船《ジファールル》の姿はもう見えない。

振り返れば、今日までの道のりは落下にも似ていた。憎悪という重力に引かれて、仇へとひたすらに突き進む。辿り着いて復讐を果たしたその先にあるのは、破滅という落着だ。

「あ、あ、あ、あ、あ、あ、あ」

ああ、たまらない。その青さが許せなくて咆え猛る。それでも——回り続ける心臓が骸の身体を動かし続けるのなら、もう殺すしかないだろう。俺が燃え尽きるその前に、この怒り、あの夜の死、彼らが味わった悲痛を、〈麗起〉ども全てに思い知らせてやる。

けれど、十五年変わることのなかった絶望を抱いて落ちる最中、目に痛いほど熱い透き通った青の色に一瞬重なって浮かんだのは、ドミナという名の不思議な少女が歯を剥いて笑った顔だった。

——なんて、眩しい。

出逢ってほんの数日の相手が、感情の動かなくなった世界に、失われた色彩を思い出させた。長い間忘れていた他人と触れ合いが、過剰な印象を抱かせるだけかもしれないが。

「————」

思考は現実にはほんの数秒の出来事だったろう。デイは正気を取り戻した。状況は何も変わらないのだから、八方塞がりを明確に意識できただけだが。

「どうなのです？」

濁流めいた風圧に銀の髪とドレスを靡《なび》かせたエメが、腕の中から見上げていた。

「……墜ちている」

このまま墜落すれば、いかに軌装でも無事でいられるだろうか。エメは〈麗起〉だ。破損しても心臓ある限り、死は訪れない。では、デイは？

「どうにかする手段はないか、と聞いているのですが」

だが、怖い目で詰め寄るのはエメだった。デイは律儀に思考した。

現象変成《エードラム》は世界を書き換えて、あらゆる奇跡を起こす万能の力だが、それを扱う者は万能ではない。奇跡を引き起こすには、それぞれに適切な手順、膨大な変成数式の演算が必要とされる。

〈麗起〉とは、突き詰めれば人間ではまったく足りない現象変成《エードラム》を実現する装置だ。その膨大な処理能力でも、一種かせいぜい二種の奇跡を具象化するので精一杯。何が扱えるかの属性は、創り出された時点で決定される。

果たして――デイの軌装が持つ現象変成《エードラム》の属性は、種類は、この状況を打破できるものなのか。

「……無理だな」

デイの答えは簡単かつシンプルだ。

「期待した私が馬鹿でした」

デイを迷わせたのは、エメが本気で怒っているようにしか見えなかったからだ。

（この〈麗起〉は本当に墜ちても死なないのか？）

考えるまでもないはずだった。不死だからこそ〈麗起〉なのだから。

ほどもなく二人は地表に激突した。耳を聾する轟音。衝撃に荒野がクレーター状に抉れ、地平の向こうからでも見えそうなほど濛々と土煙が上がる。付近の魔獣《マンティコラ》が束の間だけ関心を向けて、餌ではないと悟ると向きを変えて去った。

更に数分が過ぎた頃、土煙の中から、蹌踉《よろ》めきながら満身創痍のデイが現れた。既に軌装は解いていた。左腕に抱えたエメには傷らしいものはない。

激突の瞬間、デイは強引に姿勢を入れ替えた。自分をクッションにすることでエメを守った。生身の人間なら、それでも激突の衝撃で死んでいたが、この女は〈麗起〉だ。

「私を、庇ったの？」

腕の中のエメが不思議そうにしていた。

「お前に、は……聞くことが……」

最後の一瞬で、デイは判断した。エメは唯一の鍵だった。ムーンシェルで何があったのか。追い求めてきた真実の全てを喋らせるまで、この女は生かす必要がある。

代償は当然高くついた。満身創痍となったデイは、立って歩くことも難しい。軌装は最強だが無敵ではない。まして、デイは〈麗起〉ではない。デイとエメの状態を見れば、種の差がどれほどかは一目瞭然だった。

「胸が空くほど言葉を飾らないのね、貴方は」

デイが返事をしなかったのは、もう応えるだけの体力がなかったからだ。足が震えて、膝から落ちる。地面に手をついて咳き込むと、大量の鮮やかな色の血を吐いた。

「無茶をした報いですね。因果応報とか自業自得という言葉を知っていますか？」

膝をつきながら、デイの瀕死の瞳に憎悪の灯りが点る。デイとエメの間の空気が張り詰めていく。

デイにとって、エメは〈麗起〉であるというだけで殺すに値した。生かす理由がなければ、直ちに八つ裂きにしても飽き足らない。思考が怒りで塗り潰されていく。

（もういい、この女を今すぐこの場で――――）

「このヤロー、生きてやがったのかよ！　浮遊船が傾いて明後日に飛んでったのは、テメーが何かしたんだな!?」

張り詰めた空気を打ち破って飛び込んできたのは、落下する二人を地表から見ていたドミナだった。

三章　ムーンシェル

日没の美しさは筆舌に尽くしがたい。

おどろおどろしく赤い太陽が地平へ没していくと、空の色は茜から紫、淡い灰色から刻々と闇色を怯えて、やがて夜の帳が下りた空一面を撒いたような星屑が埋めてしまう。

人の生存を許さない過酷な土地だというのに、荒野《ヴァース》の夜空を見上げると、秘密の宝箱でも手にしている気になった。いつもなら、だ。

「いやもう……これ以上は動けねえ」

廃棄城からほぼ半日余り移動した後である。

ドミナとエメとデイ、何と表現してよいか非常に難しい一行は、追っ手の目を避けて夜を明かすべく赤い岩山が作る小さな谷の中で身を隠した。

荒野《ヴァース》の環境や毒性は、地域によって大きな差がある。魔獣《マンティコラ》でも一分と生きられない本物の死の土地から、居住区《シェッド》と大差ないところまで様々だ。

この谷は、以前ドミナが偶然発見し、それ以来荒野《ヴァース》へ遠征する際の拠点の一つとして使っている場所だった。周辺環境が安定しており、毒素も薄いので、気温に注意すれば半日ほど装備なしでもやっていける。休息にはうってつけといえた。

「あーもう、こんな窮屈なの着けてらんねー！」

遂に音をあげたドミナは、勝手知ったるねぐらへ到着できた安堵も手伝ってか、たちまち一部の装備を外すと、その場で仰向けに身を投げ出した。他の二人が文句も言わずに歩いているのだから、せめて一番先に弱音を吐くまいと意地を張ったが、体力の限界という現実はいかんともしがたい。

「貴方が不便な造りなのを忘れていました。今は心置きなくゆっくり休んで、追っ手が追いついてこないことを祈りましょう」

冷淡な口調で皮肉めかせてエメの吐いた毒が、ブスリと刺さった。

ここまでの半日で思い知らされたのは、この女は見た目の清楚さとは裏腹に、喋る棘を撒き散らす悪鬼羅刹《あっきらせつ》ということ。それだけではなくあらゆる要素が神経を逆撫でする、ドミナにとっての天敵だった。

「それを言うなら、『アナタたち』だろ。造りもの《ボルカ》ヤローはそりゃ平気だろうよ！」

深窓の姫君のようでもエメは〈麗起〉。荒野《ヴァース》を着の身着のままで横断しても、汗一つかかないのだから卑怯だ。そんな作り物相手に意地を張っても、無駄な徒労に決まっていた。

「ところで、それは何ですか？」

「何のことだよ？」

自分を見つめる視線の先を追って、疲労も忘れるほど驚いて飛び起き……かけて微動だにしなかった。

「や、ヤバい、潰してくれ！」

額に黒と緑の翅をした小さな蝶が止まっているのを見つけて、全身から血の気が引く。見た目の愛らしいこの蝶はニムラ周辺の固有種である。主食は死肉なので狂暴さは控えめだが、強力な毒を持ち、中型の魔獣《マンティコラ》さえ三秒以内にコロリと逝かせる。危険度では折り紙つき。当然、人間が刺されれば一溜まりもない。

「生き物を殺せなんて、酷いことを言いますね」

「〈麗起〉のクセになに言ってやがんだ、このクソアマ！」

揉めている内に餌ではないと判断したのか、黒い蝶はヒラヒラと飛び去った。ホッとしたせいか、疲労とは違う意味でドッと疲れが押し寄せてきた。いつか絶対ぶっ殺す。

「これだから〈麗起〉は……」

「今夜はここで休むようですが、寝台《ベッド》が見当たりませんね」

「野営にそんなもんあるワケねー！」

九死に一生を得たばかりの空気をまるで読まない上に、世間知らずが服を着て歩いているような〈麗起〉の女に一言入れながら、疲れた心身に鞭打って野営用の道具を並べて火を熾す。グダグダ言い合っているよりは、動いていた方が建設的だ。

「何をしているのですか？」

エメが何かと面白そうにドミナのすることを覗き込んできたので、ぶっちゃけ邪魔になって、何度か癇癪《かんしゃく》を起こした。

「いーから、黙って見てろ！　チョロチョロすんな……見て判らねーのか、野営の準備してるんだから！」

「準備がいるのですか」

「人間はいるんだよ。荒野《ヴァース》の夜は、昼間より危険度が一桁上がるんだ。きちんと準備しなきゃあ、〈麗起〉のテメーは平気でも、俺やデイは命取りだ」

「そうでしょうか」

予想と違う曖昧な反応で首を傾げる。そろそろエメの奇行にも慣れてきて、いちいち気にするのは時間の無駄だと悟っていた。

実のところ、一度に二日以上荒野《ヴァース》に留まった経験はドミナにもない。荒野《ヴァース》は人間種にとっての恐怖の象徴、死そのもの。それでも一日目よりも二日目、二日目よりも三日目と、時間が経つほど落ち着いて見渡せるようになる。どこまで続く赤い砂と岩ばかりに見えて、多彩な表情があると気づく。

例えば、風が大地に描き出す不可解な風紋。

例えば、そそり立つ牙を思わせる造形の神秘的な岩山。

例えば、日没前の地平線に浮かぶ言語にしがたい巨大な魔獣《マンティコラ》のシルエット。

ここへ来る道のりでも、つい地平線を飽きもせず眺めていた。彼方で地平と混じり合った空に魅入られたのは理由の半分で、残りは、いつどこから現れるともしれない追っ手を警戒していたからだが。見た目は笑えるデコボコ三人組の珍道中でも、刃の上を素足で渡っているような行軍なのだ。

「にしたって……大丈夫なのか、デイ」

体力の損耗を抑えるためか、ロクに喋らなくなった叛逆者の身を案じる。

デイは岩場に身体を預けるようにして目を閉じていた。僅かな時間も惜しんで休息しているのか、返事はない。静かすぎて、生きているのかを怪しむほどだ。

「彼なら大丈夫です。死んだ方が楽でしょうに」

見下すような言い様なのに、エメは淡々として感情を窺わせない。それが余計にドミナの癇に障る。形は人間と同じでも、空っぽのガランドウみたいだ。

「冷めたヤツだな。心配するにしろ、バカにするにしろ、もうちょいらしくしろよ！」

「らしくですか……難易度が高いですね」

反射的に言い返したが、エメの何に腹を立ててるのか、自分でもよくわからない。〈麗起〉の五感は、人間種の自分よりも遥かに広範で高精度だ。彼女が大丈夫と言うのなら、デイの傷の状況が落ち着いてるのは確かだろう。

〈麗起〉は嘘をつかない。つく必要がないからだ。

「正直、ヤローの心臓は動いているのが奇跡なんだぜ。それこそ、継ぎ接ぎの死体が歩いているもんだ」

「見直しました。継ぎ接ぎ死体とはお見事な表現です」

ここまで休まずに移動すると言い張ったのはデイだ。実際そうしていなければ、領主の追っ手に捕まっていた可能性が高い。

作戦自体にはドミナも賛成だった。こんなところで野垂れ死なれては寝覚めが悪いし、せっかくついてきた予定も狂ってしまう。

「たく、こんな羽目になるとはな……」

どうしたものかという思案混じりに、廃棄城での顛末を思い返す。

＊＊＊

機関式浮遊船《ジファアール》から墜ちてきたデイのところへ、ドミナは浮き立つ胸を押さえて駆けつけた。

廃棄城が崩れ出した時は、本当にもう駄目だと思ったのに。

それでも――万に一つに賭けて、危険を押して近くまで来たのは大当たりだった。

「まさか上から墜ちてくるなんて！　しかも生きてるとはな。スゲーよ、テメーは本当に人間とは思えねえ！　さすがは俺が見込んだ――」

出逢ってせいぜい数日だというのに、生き別れの親友と再会したような気分。ブンブンと手を振って抱きつこうとして、

「だ、だれだぁ……」

自分でも驚くほどオマヌケなトーンとその内容。

女がそこに居た。一目で〈麗起〉だとわかる、息が止まるほど美しい女が。白昼のせいで解

りがたいが、女は夜光虫の類か何かのように白く淡い光を発していた。が、すぐに何事もなかったようにそれも消えて。

「〈麗起〉が何で!?　まさか……」

警戒で、動物みたいに全身の毛を逆立てた。

「そうだ」

さしものデイも、疲弊と負傷のせいで声が掠れていた。半端な返事だったが、それが平気だという意思表示だと悟る。

「そうか、それなら……いやいや、ねーよ！　平気なワケあるか、このバ……」

怒鳴りつける途中で言葉を呑み込んだ。どうせ何を言っても無駄だ。ほんの短い付き合いだが、その程度は判るようになっていた。

それにしても、あの城でいったい何があったのか。〈麗起〉を殺す叛逆者のデイと〈麗起〉の女が一緒にいるとは。水と油以上にあり得ない組み合わせだろ。

「せめて……お前が何なのか教えろ」

覚悟を決めて、当事者の女を睨んだ。本音を言うとデイに説明して欲しいが、まともに答えられる状態じゃないほどボロボロだ。いくらデイの回復力が驚異的でも、すぐ手当てしないとヤバいとわかる。しかし、この〈麗起〉の女は先送りできない重大事だ。

無意識にゴクリと喉が鳴る。〈麗起〉は、その気にならなくとも容易く、指一本でドミナを殺せる。人間種とは絶対の格差がある支配種と面と向かうには、猛獣と握手するような蛮勇が必要だった。

「お前？　それは私のことですか？　ずいぶんな物言いは新鮮で、親愛の情を掻き立てられます」

「わかんねーこと言ってんじゃねーよ。名前も知らねーんだからしゃーねーだろ」

改めて女の顔を食い入るように見つめて、覚悟を決めて記憶を浚う。ドミナの知る限り、ニムラ辺境領の〈麗起〉にこんな女はいなかった。

〈麗起〉は存在自体が貴重だ。彼らは例外なく、領地の重要な生産拠点《プラント》であり、軍事力であり、支配者そのもの。従えた〈麗起〉の数が領主の権威でもある。

ドミナはニムラ辺境領にいた〈麗起〉なら漏れなく顔を知っている。新しい〈麗起〉が現れたなら居住区《シェッド》にまで届く大ニュースになっているはずだ。そのどちらでもないこの女は、存在自体不可解としかいいようがない。

「エメです」

「はあ、なんだって？」

「名前を知りたいのでは？」

「え……まあ、そうだけど……」

完膚なきまでに意表を突かれ、しどろもどろになってしまった。つい最近、同じようなやり取りがあったが、まさか〈麗起〉が、人間風情に、言われたまま名乗るなんて。

「……ドミナだ。らしくねーのにもほどがある。ん？　ちょっと待て、エメって聞いたことあるぞ。お前が、デイの仇の、エメ？」

「仇……そうなのですか？」

エメがぽやぽやと質問した相手はデイだ。半死人に無茶を、と噛みつく前に血塗れの唇が動いた。

「まず……喋らせる。その後で殺す」

「えっと……やることをやったら、このエメって女はぶち殺す？　いやいや、殺す相手の前で宣告してどーすんだよ」

ドミナは呆れたが、いかにもデイらしい。出遭った〈麗起〉は残らず殺し尽くす。この男の中では、それで十二分に理屈が通じているのだろう。

（……そんな生き方ができるんだな）

シンプルすぎて妬ましかった。普通は余計なものが多すぎて、とてもそんな一直線には生きられない。用途の決まった道具になれればどれほど楽か。最初は仮の宿のつもりだった居住区《シェッド》でも、三年も暮らせば否応なく繋がってしまうのだ。

今だって、〈麗起〉が憎くても、世界の正しさを認められなくても、あまりに無抵抗なエメを殺すと断言されれば、「はいそうですね」と頷けなかった。

「…………俺、こんなに弱かったのか」

ここへ来るまでの腹積もりが、何もかも薄っぺらく思えてきた。

そんなことはない、と自分を叱咤する。何を弱気になっているのか。

「ぐ、ふっ、ご……」

デイが咳き込んで血を吐いて、沈みかけた思考から引き戻された。慌てて駆け寄り、崩れる男に肩を貸して支える。

「おい、こんなところで死んでる場合かよ！　テメーにはやることがあんだろ!?」

数知れない闘争を生き抜くことで鍛え抜かれた身体はまるで鋼のよう。ずっしりと重い。傍にいるだけで流血と死が臭い立ってくるようで眩暈がした。

「軌装を纏えば大量にリソースを消費します。彼にとっては命を削るような消耗でしょう。一度に長時間……軌装を使いすぎました」

「要するに燃料切れってことか!?」

「どちらかといえば、寿命切れの方が近いですね」

「なんだよそれ、なおさら悪そうじゃねーか！　何でそんなに平然としてんだよ、このクソアマ……いや、まずはデイの手当てを」

「来る……」

掠れたデイの呟きでピンときた。というよりも、考えてみれば当然のことだ。

「城を荒らして、自慢の機関式浮遊船《ジファール》に傷をつけたんだ。頭にきて追ってくるよな。腰巾着の弁務官もぶちのめしてるし……」

追いつかれたら確実に処刑だろう。だが、瀕死のデイを今動かすのは命に関わる。

「……迎え……撃つ」

信じられないが男の目には、まだ尽きることのない憎悪と怒りが燃えていた。半死半生、身体には戦う力なんて欠片も残っていないのに。

「こういう時は一つだ。逃げる！　いいな、戦略的撤退だ！」

「……わかった」

有無を言わせず即決したドミナに呑まれたのか、肩の上でデイの頷く気配があった。皆殺し馬鹿に正気の欠片が残っていたことに感謝しながら、肩を貸したままドミナは歩き出した。自分を哀れんで萎えかけていた足に力が入る。

「このままじゃあ……終わらせねーよ」

そうだ、こんなところでデイを死なせてたまるものか。

デイは〈麗起〉を倒せる本物だ。この行き詰まった世界で、信じられない幸運が巡り合わせてくれた小さな希望を、何としても役立てなければ死んでも死にきれない。

半分は強がりだったが、傷だらけでも戦うことを捨てない男の姿が支えてくれた。誰もが否応なく〈麗起〉に飼われて生きるしかない世の中で、こんな奴がまだいるのなら、自分《ドミナ》にだって何かを変えられるんじゃないかと夢を見た。

まずは〈麗起〉の追っ手を出し抜いて振り切ることだ。その時点で至難の業だが、それでも――この叛逆者のように、最後まで諦めてなんてやるものか。

「何とか逃げ切ってやるから、石に齧りついてでも死ぬんじゃねーぞ。やらなくちゃいけないことがあるんだろ」

最後の一言は、半ば自分に言い聞かせるように。

当のデイはといえば、半死半生だというのにおよそ空気を読まず、エメを絞め殺しそうな目で睨んでいる。

「来い、逃げれば……殺す」

「おい！　そんなこと言ってる場合がよ！　アイツは〈麗起〉だぞ」

まともに動けないデイから逃げるのは簡単……いや、逆にデイを殺すかも。

「わかりました。それと、この場をドブネズミのように逃げ出すのでしたら、あちらの方が手薄ですよ」

「ちょっと待て、何企んでやがるんだ!?」

エメが気怠そうに指差す先は、ドミナが向かおうとしたのとは別の方角。

「私は、この人に捕まっていますから」

ドミナの目をもってしても〈麗起〉の表情を読み取れるかは怪しかったが、そもそも〈麗起〉は嘘をつかない。嘘をつく必要がないからだ。

だから——自分をぶち殺すと堂々宣言した男を手助けする理由がさっぱり解らなかった。

「お為ごかしはいいんだよ。何を企んでやがる？」

「わかってしまいますか」

エメの無感情な物言いが、ドミナの神経を逆撫でする。

「無償の善意ほど信用ならねーもんはねー」

「私なりの都合です。気にしないでください」

腹立たしかったが迷っている時間はない。のらりくらりと手応えのない女を相手に押し問答をしている間にも、領主の追っ手が現れるかもしれないのだ。

「どのみち……このままならドン詰まりだ。信用してやるよ」

ドミナはデイを引《ひ》き摺《ず》るようにして歩き出した。エメの指差した方へ。

「まあ、可愛いこと」

「無駄口叩いてる暇があるなら、デイ《コイツ》を運ぶの手伝えよ」

機関獣《ウゴ》がいたら楽なのにと舌打ちすると、途端に肩へかかっていた重量が軽くなった。華奢な小娘にしか見えないエメは、デイを自分一人で肩に担いで楽々と歩く。

「どこへ行けばいいですか？　案内してください、ドミナ」

これっぽっちも納得いかないと顔に出したまま、ドミナは先に立って歩き出した。

＊＊＊

その後の話はシンプルだ。

逃げ込めそうな谷がある、と案内を買って出たのはドミナである。危険を冒して荒野《ヴァース》に出入りしていたのが役に立ったわけだが、当然ながら道中平穏とはいかなかった。

驚くべきことに、数時間も立たない内にデイが意識を取り戻した。目覚めるなり、エメを振り払い、自分の足で歩くと言って譲らない。それだけで、ドミナがこの不可解な旅路の終わりを予感したほどだ。

どう甘く見積もっても、デイはまともに歩ける身体じゃなかった。おまけに、領主の追っ手は刻一刻と猟犬のように近づいているに違いない。

悔しいが、エメがデイを運んで歩いていなければ、とっくに捕まっていただろう。

(自分で、歩く――)

負傷を無視して、二本の足で立って、幽鬼みたいな足取りで動き出したデイに感じたのは、率直に言えば恐れに近い。

(どうして……そこまで……)

それでも――何も言えなかった。デイの瞳にあったのは、怒りや意地じゃなく、痛みと哀しみだ。痛むのはきっと身体の傷じゃない。エメに、〈麗起〉に助けられた自分が許せなくて、啼いているんだ。

なのにこの男は、半死半生の傷さえいとわず歩くほど憤っても、涙一粒も漏れないくらい、とっくに摩耗しきっている。

「絶対に、途中でくたばるって思った」

携帯炉《ランタン》の灯りの傍でデイの傷にようやくまともな――といっても応急でしかないが、手当てをしながら、ドミナは漏らした。おどけてみせたが本音だ。

荒野《ヴァース》で拾った時もそうだが、デイには驚異的な回復力がある。おそらく軌装の加護、ある種の現象変成《エードラム》による肉体再生だろうが、それを考慮に入れても、生きて野営できる谷間まで辿り着けたのは奇跡だ。

「でもまあ、わかるよ」

　携帯炉《ランタン》は、機関の中でもポピュラーな代物だ。これ一つで、十日は灯りと暖取りの双方が可能な優れもの。大気中の霊素を取り込んで動くので、適当に放置しておけば勝手に燃料が補充される。長期の旅、ことに荒野《ヴァース》に踏み込むなら必需品だが、都市《サンドリオ》の外では滅多に手に入らない。

　ドミナが個人で持っている機関は、荒野《ヴァース》に出向いて発見した遺物《レガシー》や、都市《サンドリオ》の廃棄品を拾い集めて修繕《レストア》したものがほとんどだ。時には、大した役に立たない機関の大掛かりな修繕《レストア》に大金を投じたりもした。そのせいで、稼ぎのいい錬成技師なのにドミナの生活はいつまでも楽にならない。

　デイと同じだ。嫌だったのだ。居住区《シェッド》の他の連中みたいに尻尾を振って生きながらえる、そんな暮らしに溺れながら慣れていくのが。

「人間は死ねば終わりでしょう。それなのに非合理なことを考えるのですね」

　おかしくてたまらないと嘲るエメの顔には、何の感情も浮かんでいない。むしろ詰まらなそうだった。

「意地があるんだよ、人間にはな」

「意地があっても、〈麗起〉に生かされる人生には耐えられるのですか」

「それは……っ」

弱くて脆い場所を針先で穿るエメに言い返せなくて、睨み返すのがせいぜいだった。

「テメー、ヤなヤツかよ」

「どうでしょう。滅多に他人と話さないものですから、わかりません」

「それより、デイ。次は上着脱げよ」

デイは周囲のやり取りには関心を示さなかったが、言われたまま上半身裸になった。行き倒れて拾った時にも見たが、鍛え抜かれた身体には、大小数えきれない傷痕が刻まれている。頬に刻まれた三本の傷と胸に十字に斬り裂いた大きな傷が特に目立つ。全てが、ドミナには想像もできない過酷な戦いの軌跡なのだろう。

この男は、いったいどれだけの、自分と他人の血を流してきたのか。

魅入る気持ちを抑えて手を動かす。手際よく傷を、薬と変成外皮で処理していく。荒野《ヴァース》で生きていくには欠かせない医療品も現象変成《エードラム》で造られている。

エメが嘲笑うように、この世界は〈麗起〉がいなければ成り立たない。どれだけ憤っても、生きていくだけで〈麗起〉に縋っているのが、人間種の現実だ。

「この新しい傷は、昼間のヤツだな」

「……かもしれない」

谷までの途上で、二度魔獣《マンティコラ》とかち合って、両方デイが片付けたのだ。

「…………テメーは最後まで何もしなかったよな」

意味不明と言いたげに首を傾げるエメ。仕草だけで人を魅入らせる。

デイの戦いぶりを見守りながら、ドミナはずっと歯噛みしていた。か弱い人間の自分では何もできないが、エメは〈麗起〉だ。いくらでもできることがあるのに、力を貸す素振りも見せなかった。

「この場できちんと説明しておきましょう。私、野蛮な真似は苦手です」

「説明になってねー！　テメーにちょろっとでも期待した俺がバカだったよ！」

何を勘違いしていたのだろう。エメはデイの仇で、いずれ始末される〈麗起〉だ。逃げ出さないのは、何かの魂胆があるのだろう。つまりは敵ということだった。

（始末——）

言葉が連想させる嫌な記憶を、ドミナは頭を振って振り払った。

「よし、手当ても終わり。思ったより傷は浅いみたいだぜ」

一通り手当てを終えると、味気ない合成食の夕食だ。三人いるが、食べるのはドミナとデイのみ。

「とにかく今は時間を稼ぐんだ。デイが回復すりゃあ、打つ手もある。無理してでも食っとけよ」

渡した合成食を、デイが無言で、少しずつ口に入れるのを確かめてから、自分の分に手をつける。おふくろか。

「それは何ですか？」

合成食の切れ端を口に放り込もうとしたら、好奇心全開でエメが身を乗り出してきた。

「え、何って、普通の合成食だけど」

「いただけますか？」

何言ってやがるんだコイツ、と思った。〈麗起〉を支える不死の心臓は、現象変成《エードラム》が無から生み出す動力で、ほぼ無限に稼働する。人間みたいな食事をすることもあるが、あくまでも嗜好として。本質的に〈麗起〉は単体で完結した永久機関だ。

廃棄城で囚われていたエメを見てないドミナは、あんな城に住んでいた〈麗起〉なら、さぞ上等な生活をしてたのだろうと横目で睨んだ。下々の食べ物が珍しいだけの女の好奇心を充たしてやる義理は少しもない。この先も、どれだけ荒野《ヴァース》を渡ることになるかわからないのだから、食料は一粒だって貴重だった。

「……デイを運んでもらった借りは返さねーとな」

「借り、ですか。人間は面白い考え方をするのですね」

ドミナが自分の分を半分割って差し出す。受け取ったエメは興味深そうに眺めてから、少女がしていたように一口サイズにちぎって口に入れた。

「これは……そう、美味しいですね」

「冗談だろ、合成食なんだぞ」

合成食は保ちが良く、直射日光を避けて保管すれば十年近く品質が落ちない。指一本程度の塊で一食分の栄養があるため、持ち運びにも重宝する長旅の友だ。ただし、味の悪さは、領主から配給される食料の中でも最悪のちょい手前だった。

（もしかして、この合成食はいつものと違うのか？）

一口いってみる。ボソボソとした歯応えと砂を食うよりはマシと評される味気なさ。食べ慣れた合成食だ。

「〈麗起〉の舌はわかんねー……」

整いすぎた横顔。半日移動しても砂埃一つつかない外見。何よりもドミナが重装備に守られて耐えている荒野《ヴァース》の環境を、見ているだけで頬が熱くなるような肌も露わなドレスで平然と踏破してきた事実に、人間と〈麗起〉の差を思い知らされる。

「……妙な〈麗起〉だな。俺が知ってるヤツらは、どいつもこいつも人間なんて、虫螻かちょっと頭のいいペットぐらいにしか思ってなかったけど、テメーは、なんかちょっと違う」

「〈麗起〉からすれば、人間なんて何もできないのに環境にも適応し辛い、育てるのに手間ばかりかかる蘭みたいなものでしょうね」

エメが正しすぎて、着慣れた耐熱コートと防毒用のマフラーがやけに重かった。

「こっちは園芸じゃねーんだ。気に障ったからって、枝みたいに落とされてたまるか！」

「『エンゲイ』なんて、よく知っていましたね」

「俺は都市《サンドリオ》落ちだからな」

このことは、これまで誰にも語ったことはない。

集団に混じった異物は排斥するのが人間だ。都市《サンドリオ》……あの平和な鳥篭の中でもそうだったし、暮らしの厳しい居住区《シェッド》なら輪をかけてだった。

流れ着いたばかりで幼い頃のドミナにも、都市落《サンドリオ》ちという軋轢《あつれき》の種を吹聴しないだけの分別はあった。これに限らず、余計なことには口をつぐんできたから、何とかやってこられた。

だが、ここは荒野《ヴァース》。聞き耳を立てるのは星だけで、一緒にいるのは、叛逆者のデイと〈麗起〉のエメ。二人ともドミナの事情なんて気にもかけてないから、嘘をつく必要はない。

「考えてみると、この三年で……初めてか」

隠し事なく自分のことを語るのは久しぶりだった。感じたことのない、何ともいえない解放感。だが、

「――エメ」

ほんのりと生温くなりかけていた場の全てが、一言で全部凍てついた。ずっと黙っていた、返事をする気力もなく食事を終えて寝たのだろうと思い込もうとしていたデイが、殺意を固めような声を出す。

「なんでしょう?」

物理的な刃物にも似た呼びかけを、エメは顔色一つ変えずに受け流した。

「――貴様は、ムーンシェルにいたのか」

ドミナは詳しい事情を知らなかったが、導火線に火を点けるような問いかけだとわかった。聞いたのことない、おそらくは土地の名が、デイにとってどれほどの重みがあったのか。針のように突き刺さる憎悪の放射で、傍にいるだけなのに呼吸もままならない。

「いなかった……と言えば信じるのですか」

「言ってみろ」

それは死刑執行の合図だ。

「十五年前、確かに私はムーンシェルにいました」

「皆、死んだ。仲間も、住人も、一人残らず。あの日、何が起きた？」

デイの一言ごとに、刃で斬りつけるように空気が凍っていく。

「喋れば、用済みとして私を殺すのでしょう」

「喋らなければ、今殺す」

脅しでも何でもない。役に立たないなら、エメを殺して次の手がかりを探す。廃棄城を管理していたという領主・グザヴィエが、おそらく次の候補だ。

「デイは……その街の……仇を、討ちたいのか？　ソイツが、やったのか？」

殺し合いに似たやり取りに割り込むのは渾身の力が必要だった。心臓の止まりそうな本物の殺意に震えが止まらなかった。しかも、辺境領に生きる者は誰もが臑《すね》に傷の一つや二つ持っている。深入りしない不文律を、ドミナは踏み越えてしまった。

デイの過去に驚きはない。あれほどの恨みや怒りを抱え込む理由なんて決まっている。そうだろうな……とむしろ納得した。

目を丸くしたのはエメの態度だ。デイの憎悪を前に眉一つ動かさない。それは強さでも、〈麗起〉らしい怠惰や傲慢でもない。エメから感じるのは「外界のことなんてどうでもいい」というような、一種の空っぽさだ。

「おい、何とか言えよ」

息を殺しながら待っても返事はなかった。怒るかと思って身構えたのに、そんな反応もなくて逆に途惑う。他人と会話するという意識がないのかこん畜生めと思わなくもない。仲間なんだからもう少しは……。


(はぁ？　何考えてんだ、俺)

仲間なんて建前だった。あるのは信頼じゃなくて信用だ。ドミナはデイの力が、デイは道案内が欲しかった。お互いに「使える奴」と思っているから、見返りを期待して力を貸し合うだけの関係。なのに――

頭の中を取り留めのない思考が堂々巡りしていると、デイが音も無く立ち上がった。

「お、おい……どうするつもりなんだよ」

携帯炉《ランタン》のオレンジの光を横ぎって、デイが〈麗起〉の女へ近づく。デイの横顔と、烙印めいた顔の深い傷痕が目に焼きつく。まるでおぞましい怪物だ。

(そうじゃねーだろ……別に〈麗起〉なんて、どーなってもいいじゃねーか)

〈麗起〉は気紛れに人間を殺す。居住区《シェッド》でも大勢殺された。死者の中には、余所者だったドミナにもよくしてくれた気のいい連中が何人も混じっていた。デイが今すぐエメをぶち殺したとしても、止める理由も嘆く筋合いもないはずなのに。

「何が起きたか、までは知りません」

「その場に居た、と言ったはずだ」

殺意全開のデイとそれを受けても表情すら変えないエメ。張り詰めた空気は破裂寸前だ。

「ムーンシェルには居ました。ですが、当時も私は虜囚同然でしたから」

答えるまでに僅かな間があった。

「……では、どうして囚われていた？」

「それは、捕らえた者に直接聞くのが一番でしょう」

「――ニムラの領主か？」

謎解きというほど難しくはない。廃棄城はニムラ領内にある。管理していたのが領主なら、エメを幽閉したのも領主の差し金とするのが一番筋が通る。

「マジか？　あの領主が…………」

「関わっていたのなら、知っていることを喋らせて殺す。そうでなければ殺す」

「どのみち殺すんじゃねーか……」

ドミナが見るところ、デイは仇を追う以上に真実を追っている。ムーンシェルとやらで何が起きたのかを突き止めようとしていた。それが手を伸ばせば届くところにある。

男の拳から血が滴り落ちた。指が食い込むほど握りしめていなければ、自分を抑えきれず、今すぐ飛び出してしまう。

「……お前は後だ、エメ」

廃棄城を攻めたことに疑問は残るが、船上で戦った執事はエメを取り戻そうとしていた。それは領主の意思でもあるはずだ。

「餌にする」

「そう、グザヴィエを殺すための道具にすると。いいでしょう、好きに使いなさい」

殺し合いに似たやり取りが終わって、ドミナはようやくまともに声が出せる。

「……テメーは何なんだよ。デイに何をしやがった」

「私はエメです。問われたことには知る限りで答えました」

「領主はテメーの仲間だろ。何で不利になるようなことを――」

「隠す理由がありませんから。貴方は自分を捕らえていた相手に、わざわざ義理立てするのですか」

人間みたいな返事だったことが、ドミナにとっては地雷だった。

「〈麗起〉のクセに、人間みたいなこと……っ！」

「待て」

感情的に飛びかかろうとしたのを制止したのはデイだ。この男が他人に干渉するなんてと思う以前に、止められなくても寸前に自制していただろう。格好が悪いし、だいたい〈麗起〉相手に掴みかかっても、子猫がじゃれるほどの痛手も与えられない。

「止めてんじゃねーよ！」

虚勢の一声に帰ってきたのは、予想外の言葉だった。

「――来るぞ」

その時だ。

夜陰の静寂を破ったのは、地響きに似た重い音。

＊＊＊

突然の重低音に続いて、夜の空へ星が昇っていく。

地上から天へ、逆向きに走る二条の星が地上から投射された射出体《バレット》だと、デイは見抜いた。

「天光――」

死体も同然だったデイが凄愴に嗤《わら》っている。まるでスイッチでも入ったかのよう。

「はぁ、なんだそりゃ」

「〈麗起〉が用いる照明弾《スターシェル》ですね」

平然と目で星を追うエメとは逆に、ドミナの血の気が一気に引いた。

中天に達した射出体《バレット》は炸裂し、変成反応による眩い光を周辺に照射した。人造の光によって束の間の夜の帳は追いやられる。持続時間はおよそ数十分間。

「領主の手下が来たってことじゃねーか！」

「もう来ている」

堂々たる声がした。ドミナが弾かれたように振り向くと、そこに〈麗起〉がいた。あまりに完璧な美しさを見れば、人間でないことは容易に見て取れる。単体でも驚天の力を持つ、世界の正しさの具現ともいうべき存在が一度に二人も。

「テメーは……っ！」

ぶるりと身体が震える。迫る死への恐れと、待ちかねた時が訪れた興奮だった。ドミナはどちらの顔も知っていたが、一方を噛みつきそうな眼で睨みつけた。

痩身を軍服に包んだ美丈夫は、黒く長い髪と名工の一筆を思わせる切れ長の瞳を持っていた。影を想わせて奥ゆかしい美貌は、東方のとある民族をモデルにしている故だと聞かされたことがあるが、真偽のほどはわからない。

既に一度、デイと戦った執事・ヘルガだ。

残る一人は、執事に比べても頭一つは長身の、まさに堂々たる偉丈夫。岩を彫ったような容姿には柔弱さの欠片もなく、逞しい四肢は完璧な逞しさそのもの。ヘルガが陰ならばこちらは陽、美麗たる毒蛇に対して威風堂々たる虎を連想させた。

グザヴィエの忠臣たる武団長・ギヨームである。

「手下か」

デイは前に出る。負傷が響いているのか動きがぎこちない。

「まずは名乗ろう。俺は領主の命により罷《まか》り越《こ》した武団長・ギヨームである。ニムラ辺境領の秩序を乱した貴様の首と廃棄城の姫を貰い受けにきた」

「この造《ボ》り《ル》もの《カ》ども、とうとう追いついてきやがったのか！」

ドミナが敢えて侮蔑を投げつけるのは、相手に気圧されてたまるかという強がりだ。

人好きのする笑みを浮かべながら、ギヨームは巨獣の如く重々しく前進する。ヘルガは対照的に、この場の主役は己ではないと弁えているように名乗りすら上げず、一歩後ろに控えていた。

「追いついたのではなく、最初から逃がしていなかったのだ。人間風情が鼠《ラットウス》のように逃げ回る程度で、どうして我々の目を欺けると思った。俺としては、もっと早く挑みたかったが、今まで許しが下りなかったのでな」

「ちっ、最初から掌の上だったってことかよ……。じゃあ、手薄だなんていって……〈麗起〉のクセに俺たちを騙しやがったのか!?　やっぱ領主の仲間か!?」

頭に血が上ってエメに噛みつきながら、ドミナは本気で腹を立てている自分の甘さが哀しかった。裏切られて許せないのは、心のどこかでこの女を信用してしまったからだ。

(ちくしょう、俺としたことが……ほんのちょっぴりでも気を許しちまうなんて！)

当のエメは、少女の血を吐く怒りをそよ風ほどにも感じている様子はなく、こともあろうにギヨームその人へ、実に直球で問いかけた。

「私は仲間、ということでよいですか？」

「仲間だと？　まさか……『廃棄城の姫』がそんなものであるものか！」

「ということで、私は仲間ではないそうです。これは困りましたね」

「俺の台詞だよ！　困ってんなら、もうちょっと困ってるらしい顔をしやがれ！」

つくづくキャラが掴めない。あらゆる意味で悪い冗談としか思えない女だが、領主たちがこの女を狙っている。

（いったいコイツは何者なんだ……）

「俺もその女のことをよく知っているとは言えんがな。何人たりとも近づいてはならぬと厳命された廃棄城に、十五年に亘って囚われていた白い花。いつの日か手にした者に唯一にして無二の――」

「ギヨーム殿、戯れはここまでに」

「はは、お喋りが過ぎたか。続きが知りたくば、この執事を捕まえて問い質せ。俺よりよほど詳しいぞ。ただし――」

お前たちが生きていれば、と続く言葉は必要ない。影の如きヘルガは、ギヨームに合わせて一歩進み出ようとするが、その眼前を野太い腕が遮った。

「これは俺の獲物。貴様は失せておれ」

「しかし、主は……」

「花と首。揃えて持ち帰れば文句はあるまい。支配種たる〈麗起〉が、人間風情に数で勝る戦いを仕掛ける屈辱を看過できるか。貴様は誇りをなくしたか」

これ以上反論するなら実力で。それを窺わせる虎の如き矜持《きょうじ》。だが、ヘルガも子供の使いのように引き下がりはしなかった。

「あの男は人の身で軌装を操る異常の者。弁務官のみならず、おそらくはコンラの領主も倒しております。侮るべきでありません」

「貴様が後れを取ったのは承知している。俺は未だに信じられぬが、奴が〈麗起〉を倒せる者……破悈者《デストロイヤ》ならば——ぜひこの手で倒してみたい！」

三度の諫言は許さぬという断固たる意志を察して、執事は黙ったまま一礼し、束の間の光の範囲外へ引き下がるや、姿が掻き消えた。

「おいおい……味方を帰しちまったぞ。頭まで筋肉でできてんじゃねーか？」

二人で戦う方が明らかに有利。ドミナには、自らそれを捨て去った馬鹿さ加減がさっぱり理解できない。

「ははは、そう褒めるな。余計な者はいなくなった。これで存分に戦いの愉悦を堪能できよう」

「これっぽっちも褒めてねーから！」

「そうか。まあ、些末はよい」

ギヨームが右手の槍をブンッと振るう。風を絶つ様が目に見えると錯覚するほどの一閃。

ここでも思い知らされる。この男はドミナのことは眼中にない。暴威の嵐に巻かれて、その巻き添えで死んでいく。そんな虫螻としか映っていない。

〈麗起〉と人間種の絶対差。それを覆す方法がこの世界にはない、という決して揺るがない現実に血を吐きたくなった。

そんなドミナの前へ、庇うように進み出た男《ディ》がギヨームと対峙する。

「テメー……」

「領主はどこだ」

デイは常に端的だ。回り続ける一個の機関のように、憎悪に、復讐を遂げることに、全てのリソースを費やした。

「聞いてどうする？」

「殺す」

「冗談もそこまでくれば笑えんな。だが、その蛮勇やよし。もし……俺に見事勝てたなら、領主の元まで案内してやろう」

「無理だ」

短い返事に、エメは僅かだけ眉を寄せて不満を表し、顔を強張らせたドミナが焦り気味に、動かない彼女の腕を強引に引っ張って下がらせる。

「身の程は知っていたか。しょせん人間風情が〈麗起〉に勝てるはずもない」

「貴様は殺す。案内できるよう、手加減するのは無理だ」

「――無礼者!!」

ギヨームが怒りに任せて巨槍を振り回した。音速を超えた切っ先から生じる衝撃波が、間合いどころか半径十メートル圏内を薙ぎ払う。

ドミナたちは一足先に飛び退いていたおかげで無事だった。巻き込まれていればエメはともかく、生身のドミナは五体をちぎられて即死だったろう。

「もっと下がれ。エメを連れて」

「お、おう、わかった。死ぬんじゃねーぞ」

デイの背中から、ピリピリとうなじがヒリつくような殺意を感じた。戦いが始まるのだ。手出しはおろか知覚も困難な超越の死闘が。

エメは微笑ってた。実に何ともいえず愉しそうに。

ドミナが見間違いかと目を凝らした時には、いつもの澄ました無表情だ。疑問は浮かんだが時間がない。全てを棚上げにして、右手で装備を抱え、左手でエメの手を引く。

「こんなトコで突っ立ってたら無防備すぎだろ！」

「あの二人の戦いなら、ドミナと同じで、私でも死にますね」

「わかってんならさっさと来いよ、頭のネジがハズレてやがるのか！」

エメを押し込むように後方の岩陰へ飛び込む。本格的な戦いになれば、この程度で身を隠せるかは怪しいが、ないよりはマシだ。

「ギヨームを相手に死ぬな、ですか」

「んだよ、仲間の心配して悪いか」

「あら……ドミナは仲間と呼ぶ男の、死にゆく戦いの背中押しをするのですね」

エメは人の神経を逆撫でするのが絶妙に上手い。

そうだ、自分は傷だらけのデイを利用している。それを奴が望んでいるからと、喝采しながら死地へ送ろうとする自分の性根の醜さに胸が痛んだ。

（〈麗起〉みたいじゃねーか）

吐き気がした。それでも——他に手段はなかった。ドミナは弱っちい人間でもデイは違う。

〈麗起〉にだって勝てる本物だ、と信じようとした。

「でも……アイツ、傷も癒えていないのに……」

心配する資格などないのに、胸の痛みは消えてくれない。目を戻すと、デイの戦いはとうに始まっていた。

「どうした、生身で俺と戦うつもりか!? 執事を退けた貴様の軌装、見せてみよ！」

「これでいい」

豪槍を重さがないかのように振り回して咆えるギヨームに、デイは生身で挑んだ。必要ないと断じたのか、それとも負傷で軌装を纏う体力もないのか、ドミナにはわからない。

繰り出される槍を避けながら、デイは殺意を漲らせて一歩を踏み出した。二歩は駆け、三歩目は風としか見えない速度で相手の懐へ飛び込む。槍に対するには懐を攻めるという常道《セオリー》を、ギヨームは豪放に笑い飛ばす。

「笑止だぞ、叛逆者!!」

現象変成《エードラム》で創出された槍は、この世界に存在しない金属で形成された、奇跡の具現。強度も切れ味も通常の物質を歯牙にもかけず、それを操るギヨームの技は奇をてらわない質実剛健そのものだ。

振り回される高速の穂先が無数の弧を描く。武団長の名に相応しく、奢りはあっても油断はなかった。支配種の矜持《きょうじ》と力を見せつけるように振り翳し、一撃一撃に真っ向からの全力を仕掛ける。小細工など不要だ。ギヨームの膂力と速度で振るわれる超音速の一槍は、見えたところで避けることを許さない必中であり、大気を斬り裂き、地を穿つ兵器に変わる。

「──ぬう」

全ては避けきれない。デイが致命傷を防ぐべくクロスさせた両腕ごと、超音速で跳ね上がったギヨームの槍がカチあげた。地表から浮かされて次の動きが取れない叛逆者を、旋回した穂先が更に追い討つ。

「そのまま死ぬか、叛逆者!!」

面白いように吹き飛ばされたデイは、ドミナのすぐ目の前へ落ちてきた。男は幽鬼のように立ち上がるが、全身をなますに切り裂かれ、血を流している。

「ほう、急所は避けたか」

「デイ、大丈夫なのかよ……」

そんなわけないのは一目でわかる。軌装を纏っていないとはいえ、デイが一方的に追い込まれるとは信じたくなかったが、人間と〈麗起〉の差は本来こうだ。まだ立てることが奇跡だった。

(っていうか……おかしくねーか?)

ギヨームの槍は砲弾を凌ぐ。生身で受ければ、まず四散する。

そう、デイは異常なのだ。人間が軌装を扱う時点でおかしさ限界突破だが、行動を共にするほど異様な部分が目に余った。機関獣《ベスティア》を素手で破壊し、ボロ布同然の外套で平然と荒野《ヴァース》を踏破する。これまでは軌装の恩恵だと思って無理に呑み込んでいたが。

軌装は『鋼の心臓』の力の具現。それを持つ〈麗起〉にのみ扱える『力』。

（じゃあ、いったい、どうやって……いや、そもそも……俺、デイのこと何もしらねー……あのバカが何も喋らないからなんだけど）

異常、異様、異形。考えるほど際立ってくる。それでも――デイに、世界の正しさをひっくり返してみせたその狂熱に、ドミナは賭けてきた。

「でも、本当に正しかったのか……？」

すぐ隣にいるエメを、こんなにもありがたいと思ったことはない。

たとえ〈麗起〉でもマシだ。独りでは、こんな疑念には耐えられなかった。

人間は〈麗起〉に勝てない。その正しさを、理を覆せる者がいるとすれば、それは〈麗起〉よりもおぞましい何かではないのか。

「……顔を出すな」

「お、おう」

ドミナが引っ込むのを確かめもせず、デイが身構える。僅かでも意識を逸らせば命取りになる。これはそういう領域の戦いだ。

「よくぞ、俺の槍を生き延びた。だが、しょせん生身では及ぶまい。己の不明を恥じて、軌装を纏うなら待ってやるぞ」

数秒のやり取りで彼我の実力差を見切ったか、傲岸に笑うギョームへ、

「……そうしよう。ありがとう」

「え、マジで言ってんの⁉　意地とかは⁉」

さすがにドミナはツッコんだが、デイは律儀に礼を言ってから右手を突き出した。

「軌装転概《オーダー・エッジィ》！」

血を吐きながらデイが叫ぶ。魂の慟哭。度重なる戦闘でのダメージなどお構いなしに。

「るあああああああああああああああああああああああああああああ‼」

喉の奥から咆哮が溢れた。暗天を覆した偽物の昼を斬り裂くような、おぞましくも鋭い憎悪の獣の唄が。十五年追い続けた相手が手の届く場所にいる。その事実が、枯れた心に火を入れる。痛みも疲弊も微塵も感じない。

機関は命令に従い、精密正確に、最強の力を形にする。デイの魂を貪り喰らい、血を啜りながら、現象変成《エードラム》された赤い鋼の帯が四肢に巻きついて鋼甲へと変化する。赤い白骨を思わせるフォルムが具象する。

今夜の軌装は、いつもにも増して鮮血のように鮮やかに燃えていた。

「るあぁ‼」

赤い鋼が槍の殺傷圏へ、真っ向から飛び込む狂気の沙汰を実行した。生身とは比較にならない速度も、〈麗起〉であるギヨームには見えている。必然、旋回した槍がカウンターで突き刺さる。

「――ぬう」

今度はどちらの唸りであったのか。豪打を、赤い鋼の左腕が受け止めていた。

「よくぞ受けた。だが、受けきれるか！」

ギヨームの得手は、豪胆にして緻密に計算された戦術だ。槍を受け止められたところで止まらない。怯えない。退かない。だが、豪打を受ければ、必然デイの足は止まる。もはや二度と動く隙など与えぬとばかりに、高速旋回を続ける槍が、歯車のように立ち尽くす赤い鋼へ降り注ぐ。二撃、三撃、四撃——獲物が倒れるまで終わることのない槍の舞。

デイはその全てを正面から受ける。

「まさに愚者。いかに軌装とはいえ、何を望んで真っ向から来る？　噂通りの実力があれば、もっとマシな戦いができように。蓋を開ければこの程度か」

八撃……十撃……十三撃。繰り返す連打が届いているのに墜ちない。

ギヨームは遅まきながら気づいた。届いてはいなかった。赤い鋼は盾の如くアップライトに構えた左腕で、全ての槍を、攻撃を、受けきっている。ばかりか、じりじりと躙り寄り、気がつけば既に右腕の——

「ごはっ」

赤い鋼が右直打を発射。ギヨームの顔を貫き、戦闘硬化した外皮に亀裂が入る。

「きさ、」

二発目も右直打。振りかぶった軌道はあまりにも分かり易く、発射された速度は予測を上回り、迎え撃つことは叶わない。

「更に早くなっただとぉっ——」

先ほどと同じ軌道で顔を貫き、外皮が砕ける。三発目は更に速度を増した。ギヨームは必殺の槍を真っ向から打ち破られて地に伏した。

「こ、これほどか、叛逆者……っ！」

「これからだ」

一撃目よりも二撃目、それを凌ぐ三撃目。際限なく上がっていくデイのギア。

「――貴様、やはり〈麗起〉ではないな」

「つたりめーだろ！　テメーの目は節穴かよ！」

「そういう意味ではありませんよ、ドミナ」

熱くなって吠えたドミナは、エメに冷や水をぶっかけられた。

「まさにだ。お前には、この男が人間に見えるのか」

指摘は核心を突いていた。ついさっき、頭を掠めたばかりの疑問がぶり返す。それはデイに初めて逢った時からどこかにあって、ずーっと目を逸らし続けていた真実だ。

「な、何を言ってやがんだ！　デイが人間じゃなけりゃー、なんだってんだ！」

ドミナの抗議も虚しく、ギヨームはデイを直視する。

「面白い、面白いぞ、赤い軌装！　貴様は戦う価値ある敵だ！　これほどの愉悦、これほどの法悦、戦いなき生に生きて何年か。長き退屈はこの日のためにあった!!」

それは宣言だ。武団長・ギヨームは他の〈麗起〉とは異なる。戦うために、敵を滅ぼせと命じられて創造された。世界を賭けた『不死戦争』が終わり、〈麗起〉が支配種となってしまえば、彼の役目は失われた。下等種の掃討の費やされる日々には飽きていたが、〈麗起〉の名の下に統治される世界において、戦うべき相手などついぞいなかった。

軌装とは最強の力。〈麗起〉を〈麗起〉足らしめている力の具象。それに立ち向かえる力は一つしかない。

故に今こそ。長きに渡る怠惰の眠りより覚めて、ギヨームは叫ぶ。

「**軌装転概**《オーダー・エッジィ》──」

即ち、目には目を。軌装には軌装を。

『鋼の心臓』の力を軌装として具象できるのは、〈麗起〉でも限られた一握り。武団長・ギヨームは、その選ばれた〈麗起〉の一人だ。心臓を核として、大気中の霊素を元に鋼甲が現象変成《エードラム》される。それは世界を一つ造り変えるにも等しい奇跡だ。

ギヨームの軌装は単に鎧甲を身に着けるものではない。巨躯が更に膨れ上がり、巨大な山脈のように変化する。腕は大木であり、足は巨岩。両腕、特に肘から先が異様に大きな形状は悪魔めいた異形でありながら、美しい意匠の施された金属質のフォルムから連想されるのは、偉大な神を崇める荘厳な古代の神殿だ。

「殺すぞ、叛逆者」

咆え猛る巨重を、デイは真っ向から受けて立った。

「俺が、死だ」

轟──赤い鋼の周囲が燃え上がる。デイはこれまでを凌ぐ敵に、これまでを凌ぐ出力を解き放った。生じた高熱の排気が炎となり、デイを中心とした範囲に熱気を撒き散らしている。可燃物があれば、残らず炎上していただろう。

「行くぞ」

「殺す」

睨み合う二体の鋼が、同時に地を蹴った。

＊＊＊

「ヤロー……これがあるから下がれって……」

白昼の荒野《ヴァース》をも凌ぐ、生身で巻き込まれれば助からないだろう膨大な高熱を周囲に撒き散らしながら、デイは疾走する。

咆哮と熱波が帚星《ほうきぼし》の如く長く尾を引く。突風と鳴動が交錯し、余波にすぎない衝撃に大地が砕かれる。絶え間なく続く金属を斬り裂くような甲高い音は、その音と変わらない速度で行われている、この世界の最大武力というべき軌装同士の、頂点の戦闘音だ。

「あーもう、どうなってんだよ!?」

弁務官との一戦さえ比較にならない速度域での激突は、ドミナの知覚を完全に振り切っていた。岩場からおそるおそる顔を出して覗いていても、一瞬の風としか捉えられない。

「これが……本当の〈麗起〉なのかよ」

何も知らなかったのだと痛いほど実感した。これまでに見た〈麗起〉の力は、〈麗起〉という種のほんの一端だ。こんなことのできる連中に人間が支配されるのは当然という、弱気が首をもたげてくる。

（こんなのと、デイは戦えるのか？　勝てるのか？）

――戦えるデイという男は、いったい何者なのだ？

自分の賭けがいかに身勝手で危ういものだったかを思い知らされて、身を震わせた。

「仕方……ないじゃねーか。他にどうすりゃーよかったんだよ」

三年前、ドミナは全てを失った。何の罪も咎もなく、戯れの一環として奪われた。

借りは返さなければならない。それを教えた両親ももういない。

（ああ、そうさ……親父たちは望んじゃいないだろうけど。目が覚めたんだ。そうしなきゃあ、死んでるのと同じだ！）

デイが戦うのも、きっと同じ理由なのだろうと思う。たとえデイが何者であろうとも、それだけは繋がっている気がした。

ひと際の大音響が大気を震わせる。風としか見えなかった二つ塊が、重なるようにして凝結した。

赤い軌装――デイのかち上げた右拳が、倍ほどもあるギヨームの錆色の腹部を射抜いている。

ピシリと音を立てて、拳がめり込んだ一点を中心にして、錆色の表面に幾つもの亀裂が走る。

「嘘だろ。デイのヤロー、やりやがった……！」

競り勝ったのだ、あれほどの敵に。

自分の目で見ているのに信じられない。弁務官をやっつけた時よりもずっとずっと凄かった。今のデイはまるで尽きぬ泉だ。負った傷も知らぬとばかりに、身体の奥から次々と新たな熱が溢れ出しているかのよう。

なのに。素直に喜ぶ気持ちになれない。

(こんなに……何かを恨んだり、憎んだりできるのかよ)

自分の弱さを糾弾されているような気がした。正直に言えば、目の前の赤い白骨が恐ろしかった。

「俺が、死だ」

「まだ……まだだあ！　〈麗起〉に死など……あり得ぬ!!」

錆色の軌装が巨大な右腕を振り回す。ロクに狙いをつけたとも思えない、乱雑だが喰らえば終わる力任せの一撃を、赤い白骨は振り切った。

避けたのでも防いだのでもなかった。赤い白骨は更に勝る速度で、発射された腕より速く鋼の拳を着弾させた。

全身から黒煙と橙色の光を引いて疾走して一撃。燃え盛る炎じみた拳が、錆色の軌装を十数メートルも吹き飛ばす。

だが同時に、ギヨームは最後の一手――右腕の攻撃に精度を与える力さえ惜しんで左腕に注いでいた、その全てを処理する現象変成《エードラム》の演算を終えていた。

ギヨームの左腕を中心にした空間がレンズのように歪む。世界が作り変えられ、無から別物を創造する。それは、デイが弓を引き絞るように右拳を再装填するよりも、ほんの一呼吸早かった。

一瞬で数えきれない槍が出現し、空中を埋め尽くした。十や二十ではなく、瞬きするよりも早く百を越える。創造された槍が新たな槍を生み出す端末となる倍々ゲームで、デイを中心にしたあらゆる方向とあらゆる距離が眩い槍で埋め尽くされた。

これまでドミナが見てきたような現象変成《エードラム》とは、明らかに桁の違う真の奇跡だ。世界を書き換え、無から有を造り出す、創造の御業の再現だ。

――まるで、銀河のただ中へ飛び込んだよう。

デイを跡形なく消し去るために、ギヨームが現象変成《エードラム》を振り絞った無慈悲で残酷な切り札でありながら、世界の全てが美しく光り輝いていた。

「愛すべき我が敵、我が悦び、我が法悦《ほうえつ》よ！　この祈りを受けよ」

幾千の星が一斉に降り注いだ。着弾した槍は瞬間的に、人も〈麗起〉も焼却する膨大な熱を発して燃え尽きる。直撃すれば跡形も残るまい。速度で圧倒したデイへの詰み手は、速度を凌ぐ量。シンプルな結論は、シンプルであるが故に打破できない強度を持っている。

それでも――世界が丸ごと爆発したような光景の中で、デイを突き動かすのは怒りだ。

「死は」

デイは進むべき道を変えようとはせず、

「誰よりも」

ただ真っすぐに貫く。

「――速い」

赤い白骨が一直線に走る。空を裂く矢のように。

「戦術破恢《タクティカ・デスト》――」

赤い軌装が両腕を広げる。それは持てる力の全てを敵の破壊に費やす――不退転の型。

咆哮にも勝る速度へと加速しながら、赤と黒の残像が真っ向から膨大な熱槍の群雲の中へ飛び込んだ。

ギヨームは見た。あの懐かしい、戦いの黄金期。己の役目を十全に費やした過去にさえ出遭えなかった、灼熱の光を切り裂く、炎に包まれた死神を。

「――破烈《ブルファイ》!!」

憤怒の雄叫びをあげて、デイは炎に包まれる。全身の鎧甲から噴き出す炎のフレアが、あたかも人型をした炎のように錯覚させるのだ。

束ねられた炎の威力が、赤い軌装自身を弾丸と化して突進させた。力の全てを速力に変えた一撃は、必殺にして外せば次のない渾身である。

だが、音などとうの彼方に置き去った速度でも、流星雨の如き熱槍の全ては避けられない。

無数に掠めた槍が次々と高熱を発する光球と化していく。

赤い鋼はそれさえも振り切る。速く、より速く。更に速く、速く、速く。

擦れ違った槍が熱圏を広げる速度よりも速く、その範囲外へと駆け抜けながら、数えきれない矢の雨を潜り抜ける。

あり得ない。そんな真似はあり得ない。一本、二本ならできるだろう。豪雨と化した槍の全てをそんな方法で振り切れるとするなら。

——それは人ではない一つの機関だ。

「おお、美しいぞ、汝の名は……」

一直線の超加速を乗せた渾身の右拳が、ギヨームの胸を貫いた。

四章　鉛の心臓

「俺は、死だ」

デイが心臓を掴んで、巨躯を宙に掲げる。赤い右腕が炎を上げる。ギヨームの全身に燃え移って、錆色の軌装を松明のように激しく炎上させた。

それは、〈麗起〉の人造神経と被造細胞を凌辱し尽くす呪詛だった。

燃え尽きるまでの僅かな間――当人には永劫にも近い刹那、〈麗起〉は〈麗起〉であるが故に、人間では味わえぬ地獄の苦痛を骨の髄まで味わう。これまであらゆる〈麗起〉が慈悲を乞うた呪詛の炎。ギヨームは何一つ抵抗せず、巨大な蝋燭と化す自分自身が灰となるのに任せた。

「勝者よ……尊さを認めよう。お前には奪う権利がある……」

清廉というべき〈麗起〉の覚悟も、デイには何の感慨も与えない。

――殺せ。

脳裏に響くのは呪詛の声。それは、復讐を命じる言葉であり、かつての惨劇の中で味わった苦痛。

（――殺せ）

デイの目の前に広がる無数の屍、燃えていく廃墟、血塗れの呪われた世界。

死からの甦生は苦痛以外の何物でもなく、血と腐った臓物の中を泳ぎ切るような地獄を幾度となく潜り抜けてようやく。

けれど……試練を越えて目覚めた先に待っていたのは、やはり地獄だった。

「殺せ!!」

それは内から響く声。死して動き続ける心臓から届く怨嗟《えんさ》だ。

死に絶えた者たちの絶えざる祈り。敵のみならず、生きとし生けるものを呪う声。

「奴らを殺せ!!」

「デイ！」

「!!」

背後から届いたドミナの悲鳴に近い呼び声で、デイは左拳を引き絞った姿勢で停止した。出逢ってから間もない、血の気の失せた少女の顔が、今どれほどの恐怖と戦ってあげた声なのか如実に訴えていた。

それほど恐ろしかったのなら隠れていればよかったのに。とっくに枯れて動くことのなくなった心のどこかがチクリと痛んだが、おそらく気のせいだろう。

「もう……殺さなくたっていいだろ？」

歯の根も合わない震えに抗い、どうしてそんな無意味を言葉にするのか。

お前も同じはずだ。デイには判る。この少女からは自分とよく似た臭いがする。居住区《シェッド》の人間には珍しい、憎悪と怒りの臭い。だからといって、特別の親愛を感じるわけではなかったが。

だが、ドミナのおかげで助かった。この〈麗起〉は殺せない。灰と化すまで焼き尽くすはずの、デイの炎はたちまち消沈した。

「なぜ……首級を、とらぬ……？」

「約束だ。領主はどこだ」

「くく……そうであったな、約束は忘れておらぬ。残念ながら、案内はできそうにないが……」

「どこだ」

「領主は、」

ギヨームは口を開けなかった。その逞しい胸の中心から、銀色のものが生えていた。彼自身が最初に振るっていた、軌装の際に捨てた愛用の槍の切っ先なのだと、果たして気づいたかどうか。

「あ、」

槍は背中から心臓をひと突きに貫いて。

そして、デイもろとも串刺しにした。

＊＊＊

デイの背中に何かが生えている。

中天の偽りの太陽を跳ね返す金属——巨大な武器の切っ先だと脳では理解できても、理性は納得を拒んだ。そんなものがあるわけがない。

「デエエエエエエエエエエエエエエイ!!」

ドミナは堪らず叫んだ。自分が出したとは信じられない切羽詰まった声。そんな声音で誰かの名前を呼ぶのは、三年前に両親が死んだ夜以来だ。

「やだ……うそ、やだよ……」

あの夜に時間が巻き戻されていくようだった。見えている世界が音を立てて崩れ、足下から全身の血と熱が零れていく。おぞましくも冷たい、二度と感じるはずのない……これは喪失の感覚だ。

「あ、がが、が……」

背中から胸を貫かれたギヨームが、虫螻のように手足をバタつかせ、断続的な喘ぎを漏らした。

『鋼の心臓』は〈麗起〉の不死と奇跡の力の源であり、打ち抜かれたなら、いかに〈麗起〉といえども機能を停止する。それだけに不壊に近い強度を持ち、急所だとわかっても、人間には決して手を出せない黄金の林檎だ。

「ぐわ、わが、が、がはっ、心臓を失うとはこれほどの……がが、お、お、偉大なる〈ザ・ワン〉……我を救い、たま……」

ギヨームは何度も口をパクつかせ、剛毅そのものの顔にかつてない苦痛を焼きつけて力尽きた。打ち上げられた魚のような醜態。それでも――ドミナが感じるのは、敵を倒した満足でも自分たちが生き延びた喜びでもなく、哀れみにも似た悲痛さだった。

デイとあれほど死闘を繰り広げた男がこんなにもあっけなく。いったい誰が、どこから、こんな槍《もの》を？

「余計なことを喋る口は永遠に閉ざしておれ。人間風情に敗れた、〈麗起〉の風上にも置けぬ不良品。我が手ずから死を賜わすことを感謝せよ」

黄金の鬣《たてがみ》が波打つ。偽りの太陽を受けて、まるで一面が煌めくようだった。

決闘の——そう、デイとギヨームの戦いは、ドミナにとってまさに決闘と呼ぶべきものだった——幕引きに水を差しておきながら、マントを靡かせ悠然と歩む男の威容は堂々と。一片の後ろめたさもない。

その身は秩序そのもの。彼の行いこそが、世界における正しさの具現。ならばこそ、豪奢な金色の飾りで縁取られた黒い軍服を纏った姿は、まさに黄金の獅子を思わせる。黄金色に燃える髪と若さと賢明さを形にしたかのような完璧なる美貌。それでながら青珠《サファイア》の深い色をした瞳に差すのは、青春の情熱ではなく、臨終直前の老王の如き怠惰と冷酷だ。

ニムラの全てを統べる〈麗起〉——ニムラ辺境領領主・グザヴィエ、その人だ。

「どうして……ここへ……」

ドミナは信じられない相手の登場に絶句した。

領主・グザヴィエは五百年以上生き続ける、最古の世代の〈麗起〉の一人だ。世代だけならギヨームも同格だが、失われた帝国の歴史を領主として生き抜いた大物中の大物は、姿を見せるだけで空気を凍りつかせた。

「本来なら下賤に直言の無礼は見逃さぬが、今夜はすこぶる機嫌がよい。人間種の娘よ。その武団長《ふりょうひん》が述べたはず。ようやく戦う許しが出た、とな。エメを摘むのは私が手ずから行うつもりだった。其奴は私の到着を待っていた。来たのではなく、最初からいたのだ」

名指しにも、エメは他人事のように薄い反応。もっとも、ドミナには他人を目に入れる余裕はなかったが。

世界は美しくても、残酷で無慈悲だ。精一杯頑張った分の報いすら保証はない。上辺を取り払えば、単純な力の論理が支配している。ドミナたちの抵抗も逃走も、グザヴィエがその気になればいつでも終わる、コップの中の嵐にすぎなかった。

「ちくしょう……っ」

全ては無駄だったと思い知らされて、ドミナは悔しさに歯噛みする。勝てるかも、と僅かでも希望を抱かされてしまったから、痛烈なしっぺ返しをくれた現実という名の絶望は重く両足を捕らえて離さない。

どこまでも、人間は〈麗起〉に勝てない。デイが倒れた今、本当に何も為す術は――

「お、があああああああああああああああああああああ」

まだだ、と血を噴くような雄叫びが異論を唱えた。

デ・イ・は・倒・れ・て・い・な・い・。

槍に胸を貫かれ、傷から溢れ出す流血で、赤い鋼甲を更に濃い赤色に染めながら、男の両足が不動の礎となって身体を支えている。

「嘘だろ……何で生きてんだよ……」

ドミナですら目を疑い、領主の存在を忘れて後ずさった。

復讐の呪いか、それとも憎悪か。何度も目にして判っていたつもりだった。デイの怒りと呪詛は、武団長との戦いでも半死半生の身体を突き動かしていた、あの得体の知れない莫大な力の源だと。

——けれど、これほどとは。

不死の〈麗起〉さえ死んだというのに、デイは戦う意志を放棄しない。左右非対称の醜い軌装の奥で、潔い幕引きを拒絶して、自分の流した血泥に塗れながら、無様に生き足掻いている。

「……貴様……憶えて、いるぞ！」

槍は確実にデイの胸を貫いている。千に一つの偶然で即死を免れたとして、余命は数分とない。誰が見ても抵抗など無為なのに、傷口を掻き毟るような、命の流れ出すような憎悪で、赤い鋼は咆えた。

「この声……その姿……ムーンシェルに……お前は、いた……あの地獄に!!　裏切ったのは貴様か!?　俺たちを、あいつらを、あそこで生きていた誰も彼もを！」

地獄の紅蓮にも似た狂気が迸る。普段は幽霊じみた男のどこに、これだけの熱量が秘められているのか。

「貴様が、ムーンシェルを……あの惨劇を、起こしたのか……？」

狂熱に身を焦がす怪物の唸り声にも、ニムラで最も偉大な〈麗起〉は眉一つ動かさなかった。

「叛逆者よ。お前はムーンシェルの生き残りか。興味深いな。一人残らず死に絶えたはずの地獄で、どうやって生き延びたのか。まして、我らが秘力《軌装》を盗むとは」

領主の返事は、デイにとって肯定と同じだ。長年探し求めてきた真実を鼻先にぶら下げられ、男の中から正気のタガが飛んだ。

「貴様、かあああ…………………！」

致命傷を受けたはずの軌装が、明らかにこれまでで最大の熱風を吐いて燃え上がる。慌てて岩陰に引っ込んで、ドミナは危うく焼死を免れた。

「私が直言を許すなど望外の喜びであろうに。会話もできぬとは、愚昧な人間らしい」

グザヴィエは愉しそうに鼻を鳴らす。まるで珍しい色の昆虫を見つけたよう。

「だが、無礼を許す。我が臣下を打ち破ったことを賞賛しよう。お前の不可解な力……人間風情が〈麗起〉の力を扱うなど万死に値する罪だが、それも許そう」

まさに標本の虫を見下ろすような傲慢だ。

「お前は死ぬ。もはや足掻くな。目を閉じよ。脆弱《ぜいじゃく》な人間に、〈麗起〉のみに許された力は手に余ろう。せめて死に際は無様でなく、美しく笑って逝くがよい」

「る、るあ、らあああああああああああああああ、殺す！　殺す！　あの夜に関わった〈麗起〉は、残らず、殺す!!!」

デイが自分を串刺しにした槍を強引に引き抜こうと藻掻く。腕に力が入らないのか、槍を掴もうとするだけの行為に何度もしくじった。身をよじるたびに、傷口は一層深く切り裂かれていく。繰り返し膝が落ちかけても地に伏すことを断固拒んで立ち続ける姿を、ドミナはもうまともに見ていられない。

「やめ……やめて、デイ……そんな無茶したら、死んじゃう……!!」

馬鹿みたい。死んじまうだなんて……あんな傷ではデイはとっくに死んでいる。

そう、ドミナは賭けに敗れたのだ。自分ばかりかデイの命を懸札にした身勝手な勝負は、相応しい無惨な終わりで幕を引かれて、支払いの時がやってきた。

そして、デイに限界がくる。やっと掴んだ槍をへし折ろうとしたが、既に強靭な柄を破壊するだけの力は残っていない。

「あ、が――」

赤い鋼は、最後まで立ち尽くしたまま、力尽きて動かなくなった。

「で、デイ…………」

信じられないと、ドミナは首部《こうべ》を振った。胸が潰れそうなのに、涙は流れなかった。きっと三年前のあの夜に、全部流れきってしまったからだ。

「復讐か。ムーンシェルの仇を討ちたかったのか？　ギヨームを討てるほどの力を、未来ではなく過去に費やすとは。お前の命はあまりに無為だった」

絶望に動けないドミナへ、グザヴィエが歩み寄ってきた。否、ギヨームがそうだったように、ドミナの存在が〈麗起〉にとって眼に入った埃ほどの意味もないのは思い知らされている。黄金に輝く領主が見ているのは、隣にいるエメだ。

「奴の命は無為だったが、ムーンシェルの者たちには、ほんの少しだが意味があった。愚かな人生と愚かな死であったが、我々の未来を築いてくれた」

グザヴィエは悠然と長衣を翻し、白い〈麗起〉の女に右手を差し出す。

「十五年ぶりだな。さあ、花よ。我が手に帰る時だ」

「グザヴィエ、貴方が自ら出てくるとは思いませんでした。勝ちが決まるまで舞台の裏で鼠《ラットゥス》のように隠れているものとばかり」

「これは……信じられない言葉を聞いたぞ」

何がそれほどの衝撃だったのか、言葉を失くすグザヴィエに、エメは小鳥のように首を傾げてうっすらと微笑を浮かべた。

「思いませんでした？　まさか、自分から廃棄城を出たとでもいうのか、エメ」

「あり得ない、ですか」

「……詮索は後にしよう。まずはお前を連れ帰る」

「いいえ、まだです」

美丈夫の申し出を、エメが袖にしたと同時に。

「るが、ああああああああああああああああああああああああ」

血も熱も流し尽くしたはずの骸が――絶叫した。

「うそ……だろ……そんな、あり得ねえ……」

信じられないものを見た。デイの目の端から流れているのは血だ。赤い涙を流す赤い仮面の奥で、再び見開かれた瞳に狂気の炎が再燃していた。

「馬鹿な……槍は胸を貫いた。人間なら間違いなく絶命しているはず……」

五百年の歴史を持つ大〈麗起《グザヴィエ》〉が途惑うほど、それはあり得ない現象だ。

「……………愚かと、嗤《わら》ったな」

とうに尽きたはずの男の四肢が、悪鬼のように蠢く。

「あそこで、生きていた者を……愚かと嗤《わら》ったな!!!」

手負いの獣のように絶叫しながら、自らを縫い留める巨槍を横からぶん殴った。

「おい、デイ、やめろ……」

また一発。

「そんなことしたら、傷口が広がって……」

もう一発。

「やめて、本当に死……」

三発目で槍の柄が引きちぎれた。奇跡を具現した超硬度を力任せに切断して、デイは解き放たれる。

血に染まった白骨。両手をだらりと足らして、本物の幽鬼のよう。

こんなにも無惨なのに、目が逸らせない。

グザヴィエはマントを大仰にはためかせ、デイに向き直った。右手に黄金の光が溢れ、現象変成《エードラム》が黄金の剣を錬成する。このまま捨て置くだけで確実に死に至るのに、まだ戦う意志を捨てない敵への、それは彼なりの賞賛でもあったのか。

「ギヨームの槍を断つか。面白いぞ、叛逆者」

「——貴様は、殺す!!!」

デイは咆哮し疾走する。雄叫びを追い抜く速度で大気を焼きながら、一直線に突き進む。

「おお！」

それは掛け値なしの驚愕だ。迎え撃つグザヴィエの黄金剣が空を斬った。デイの怒りと速度は、ニムラを統べる支配者の予想を超えた。

デイが右拳を発射。赤い光の尾を引く鋼の拳。領主が受けようと翳した左の拳を半ば吹き飛ばしながら打ち抜いて、黄金の獅子の顔を貫く。


——だが、デイよ。

〈麗起〉ではない痛みを思い知る時が来た。


「デイが……一発喰らわせた!!」

突き放すようなエメの言葉が正鵠を射る。

「でも……ここまでのようですね」

「それが——人間なる身の限界だ」

当たったと確信したデイの拳の数ミリ先から声が届いた。グザヴィエは左腕を盾に、拳の威力を殺しきり、完璧に見切ってみせた。左腕の肘からが潰れているのに、何の痛痒も感じた様子はなく、黄金の〈麗起〉は傲慢な嗤《わら》いの形に唇を持ち上げてる。

多くの〈麗起〉を打倒した赤い鋼の力を振り絞っても、グザヴィエの身体まで届かなかった。それは、エメの言う通り、決定的な力の差だ。

「〈麗起〉にとって苦痛を制御するのは容易い。手足の一つも失えば戦えない人間とは違う。いや、人間の執念はそれさえ覆すのだろう。復讐鬼、お前のように。だが――」

「**軌装転概《オーダー・エッジィ》!!**」

荘厳なる唄が偽りの真昼の空に轟き渡る。

グザヴィエの『心臓』――胸の中心から溢れる黄金の輝きの膨大さに視界が白く染まる。目を閉ざしても、光貴はなおも網膜に焼きついた。勇壮にして優美な、黄金に輝く甲冑を思わせる軌装は、まさに天の使者だ。

「この五百年の生において、我の腕を砕いた人間はお前が初めてだ。故に相応しい力で死を賜わそう」

これまで、デイは軌装の力で〈麗起〉を打倒してきた。軌装を纏うことなく、赤い鋼を受け止めたグザヴィエが、同等の力を身に纏ったなら。

「貴様……だけは、殺す!!!」

「その執念が絶望に変わる様、さぞかし見物な舞台であろうな!」

デイの胸の傷から、血に代わって炎が溢れ出した。身体の中を憎悪の炎が荒れ狂っているかのよう。

「それがお前の軌装の力か。『炎』の力……いや、加熱の力とでも言うべきか。血を滾《たぎ》らせることで速度を引き出すのか。興味深いが、その力は人間の身体では耐えられまい。知っているか、太陽に近づきすぎて落ちた愚か者の寓話を」

「知らん！」

デイの拳が唸る。唸る。唸る。まさしく嵐。怒りで我を忘れた狂獣と化して、無数の乱打を打ち込む。

グザヴィエは半ば砕け、青い血を噴き出す左腕でその全てを受け、逸らし、裁く。

人間と〈麗起〉には埋めがたい差がある。力が、反応が、思考の速度そのものが違う。これまでその差を埋めてきたデイの軌装ですら、真の〈麗起〉には追いつけない。

「驚くべき力だ。並の〈麗起〉では太刀打ちできまい。これほどの力に、定命のお前がどうやって辿り着いたのだ？　怒りか？　呪いか？　ふふ、人間がこれほど面白いものであったのだと、今更思わされるとはな」

それでも――デイは加速する。文字通り身を焦がしながら、無限に加速する現象変成《エードラム》が、より速く。速く。速く。速く。速く。

「――ほう」

グザヴィエの感嘆は、左腕の盾を越えたデイの一撃が頬を掠めたからだ。劣っていた速度が上がる。どこまでも上がる。次第に差が縮まり、遂に追いつく。

「るうぅああああああああああああああああ」

赤の軌跡を引いて貫いた鋼の拳を、円を描いたグザヴィエの左腕が綺麗に受け流した。

空振りした自分の威力に流されて一瞬動きの止まったデイの左拳を、グザヴィエは黄金剣を足下に突き刺し、空いた右手で掴む。軌装の拳が砕けかねない凄まじい握力に、デイは自由を封じられる。

「ぬう！」

「力任せの軌装で、帝国に冠たる三十一貴族たる私に通じると思ったのか。速度で追いついたとしても、人間は〈麗起〉に勝てぬよ」

デイの軌装が悲鳴をあげる。装甲を突き破って、グザヴィエの指が食い込んでくる。

「肉体の能力だけではない。数百年を超える長きに渡り、我が蓄積した経験、戦闘技術……百年も生きられない人間が決して及ばぬ領域であろう」

「おああ！」

砕ける前に、デイは強引に左拳を発射する。離すや、正面からグザヴィエは右拳で迎撃する。砲弾同士がぶつかったかのような甲高い轟音と衝撃波。見ているドミナとエメをも打ち据えるほどだ。

結果は互角。衝突したデイの拳とグザヴィエの拳が同時に砕け散った。

「素晴らしいぞ。これほどとは」

これこそが〈麗起〉と人間の差なのだと、グザヴィエは嘲笑う。

デイの拳からは赤い血が、グザヴィエの拳からは〈麗起〉の青い血が溢れる。まったくの互角だった。どちらも拳を破壊され、手首までヒビ割れて、血と肉を振りまきながら再び構える。

「痛かろう、辛かろう。お前の呪いが苦痛を超えたとしよう。だが、肉体は摩耗する。定命の生命の限界だ。精神が屈さずとも、肉体は声無き悲鳴をあげ、朽ちてゆく」

「るうおらあ！」

領主の嘲弄を無視し、デイは再び左拳を発射。先ほどのリプレイの如く、グザヴィエが右拳で迎撃する。

結果は同じだ。同じでありながら、今度はデイが押し込まれてしまう。砕かれた腕を執念で動かしても、砕けた拳に最初の力はない。肉体とは物理的な産物で、精神で乗り越えるには限度がある。

「わかったろう。死という終わりのある人間は、死を越えて走り続ける〈麗起〉に追いつけぬのだ」

威力を受けてデイの左腕が破壊される。肘が砕け、鋼の内側から鮮血が飛び散る。構わず三度目を発射。

「無為と判って繰り返すのか。涙ぐましいな、人間よ」

グザヴィエは余裕をもって迎え撃った。

またしても結果は同じ――ではなかった。今度はデイが押し込んだのだ。砕けた腕を怒りと憎悪で支えて、不可能を覆した。二の腕まで砕かれても、グザヴィエの腕を更に押し込んで―

―そこまでだった。

「よくやった。だが、肉体と魂を削り、追いかけたところで追いつかぬ。お前の速度には限りがある。我々は〈麗起〉なのだ」

「う、ああああああああああああああああああああああああああ」

絶望とも怨念ともつかない、デイの絶叫が響き渡る。

「デイ……‼」

肉が引きちぎられるプチプチという絶望的な音。ドミナは聞きたくないのに耳を塞げなかった。目を逸らせなかった。デイをここまで連れてきた。

(目を逸らすな。俺はアイツを利用したんだ。それなら、どんな結末でも、ちゃんと見届けるのが最低限の責任だろ……)

デイの右腕がねじ切られた。それでも、膝をつこうとしない。

「美しいぞ、その執念」

グザヴィエはヒビ割れた右手でちぎったデイの腕を投げ捨て、足下に突き刺した黄金剣を引き抜いた。

「だが、それもここまでだ」

黄金の刃が、絶叫するデイの胸の中央を再び貫いた。槍が抉った傷を胸から背中まで。

「デイ！！！！」

ドミナの悲痛な叫びも届いていないのだろう。赤い軌装の決して折れなかった膝が、遂に地について。そして――スローモーションのようにゆっくりとデイが倒れる。

最後まで目を逸らさず、ドミナはそれを見届けた。

＊＊＊

「数十年ぶりに心躍る余興だったぞ、叛逆者。後は……」

グザヴィエが軌装を解除する。小さな光が瞬いたかと思うと、マントを翻す黄金の男の姿に戻っていた。

「次は……俺たちだぞ」

ドミナは、無意識にエメの手を握る。覚悟はできていたが、現実として目の前に迫ると、やはり歯の根が合わない。

どうしようもなく避けられない死の秒読みを恐れない者などいないだろう。

領主とデイの無惨な姿を見比べた。滲《にじ》む視界は、デイの背中に見た夢とそれが潰えた現実への諦めだった。

「やっぱり、世界は呪われてるんだ……」

けれど、まだ終わっていない。ここに自分がいるのだから。諦めて立ち尽くそうとした足を動かすだけの力が残っていた。

それは失っていたものだ。
それは忘れていたものだ。

三年前のあの夜から、ドミナが考えないようにしてきた現実の重さに擦り切れて、いつしか消えようとしていたものが戻ってきた。

「────」

先ほどのデイの戦いは他人からみれば、無惨な敗北だろう。復讐という無益に相応しい、無為で無意味な結末だったろう。

それでも──デイは諦めることはしなかった。

最後まで両足で身体を支えた。砕けた腕で戦った。血と肉を焼いて進もうとした。

死ぬとわかっていても、他に道などないと決まっていても、最後の最後まで何の力もない拳を振り上げ続けたのだから。

無謀に、天に唾を吐きかけるデイの蛮勇が、ドミナにこの世界への怒りを思い出させた。デイが死んでも、消えることなく残っている。

「テメーは……逃げろ」

エメは意味が分からないというような、キョトンとした顔。

「貴方は〈麗起〉が嫌いなのでしょう」

「ああ、大嫌いだよ。俺の両親は……〈麗起《おまえら》〉に殺されたんだから……」

エメを見るのだって、正直苛立ちが収まらない。コイツは両親を殺した〈麗起〉とは無関係の別人だと頭では理解できても、同じ〈麗起〉だというだけで怒りの矛先になるには充分すぎた。

「それなら、どうして？　ハッキリ言って、グザヴィエ相手に貴方では足止めの盾にもならないでしょう」

「言いにくいことをキッパリ言いやがるな。そんなの決まってるじゃねーか」

「なんですか」

「それが、どうした……アイツはテメーを欲しがってるんだろ。なら、黙ってくれてやるなんてヤだね。黙って何もせずに、アイツの思い通りになってたまるか」

できるかどうか、考えればやる気が失せるので頭を空っぽにした。これがドミナにとって、最後まで諦めないということだ。無力でも拳を振り上げるのだ。

「人間にはなぁ、意地ってもんがあるんだよ」

笑顔を作ろうとした。無理やりに作ったそれは、きっと引き攣ったような酷い顔だ。

「死ぬことが意地ですか。そんなものは無為です。万に一つでも可能性があるなら、貴方こそ逃げて、次に繋げばいいのでは？」

「その万に一つのためだよ。人間はダメだ。すぐ捕まっちまう。でも、テメーは〈麗起〉だ。ちょっとでも時間を稼いだら、もしかしたら逃げられるかもしれない」

「道理ですね」

「だから……も、もがあ!?」

後ろからエメに口を押さえられて、それ以上喋れなくされた。必死で暴れて抵抗するが、頭ポンコツな女でも〈麗起〉だから払い除けられない。

「この程度なら、問題ないようですね」

「もが……何言ってやが、もがががが!!」

二人のやり取りを歯牙にもかけず、グザヴィエが目の前にやってきた。

「エメよ。これでゆっくり話ができるな」

「私は別に会いたいとも思いませんでした。もっとも、こうして遭ってしまっても、特別の感慨はありません。どちらでもよかった……というのが一番近いですが」

「もーがー!!」

グザヴィエにとって、人間は最初からいないも同然だ。一瞥もしない二人の〈麗起〉の会話の後ろで、ドミナは空気を読まずにモガモガした。

「私を持ち去ってどうするつもりです？　もう一度廃棄城へ縛りつけるつもりではないのでしょう。あの城は貴方が破壊してしまいましたから」

「お前を廃棄城へ幽閉したのは誤りだった。それを正そうというのだ。私は、お前の全てを手に入れる」

「もが!?　もーもー、もーがー!!　もがが!!」

「何もかも思い通りになると信じて疑わない男の足下をすくってやると、さぞかし気分がいいでしょうね」

「世の汚濁から切り離された無垢の花だったお前が、ずいぶんと口汚くなったものだな。まさか……抵抗する、などと戯れ言をいうまいな」

「いいえ、大人しく従います。代わりに、この人間を見逃してください」

「もが!?」

ある意味見ものな光景だった。ニムラの領主ともあろう者が反応に困って絶句したのだ。

「……人間、を？　考えたこともなかったな」

「というと？」

「いや、そうではないか。お前は山を歩く時、払った枝葉を気に留めるか？」

ドミナはせめて暴れようとしたが、肩に置かれただけのエメの手に押さえ込まれて、身動き一つできない。

「歩いたことがないのでわかりません。ただ、」

「ただ……なんだ？」

「借りは返すものだと教わりました。私は、彼女たちのおかげで城を出られた。その借りを返さなければ、帳尻が合わないのでしょう」

「エメともあろうものが不可解なことを」

「ええ、ちょっとした冗談です。忘れてください」

エメの真顔は、どこまで本気なのかまるでわからない。

「お前が冗談など、それこそ悪い冗談だ。それに……廃棄城から抜け出すのに手を貸したのであれば、私の立場としては処分するべきものだぞ」

グザヴィエは当惑していたから、どうとでも取れる返事をせざるを得なかった。なまじ廃棄城に幽閉される以前のエメを知っていたから、記憶とまるで一致しない反応をする女の真意を掴みかねたのだ。

「今更、立場を気にするなんて、戯れもいいところ……敢えてそんなものを持ち出すのなら、私にも考えがありますよ」

「……狂ったか？　いや、元より正常であれば、廃棄城に囚われる必要はなかったな」

「世の中には貴方の考えの及ばぬものがいくらでもあるのですよ。私が何をするか……見てみたいですか」

「……ほう」

エメに打つ手はないはずだった。仮に打つ手があろうと、それこそ天地が覆ってもできるはずがない。しかし、それを言うなら、この十五年の全てが本来あり得なかった可能性だ。

「いいだろう。この場で人一人見逃して、何が変わるわけでもない。お前を手に入れれば、我が積年の夢が叶う」

「もがーーーーー!!!」

死一択のドミナの手に突然、生存の二文字が転がってきたが、納得も喜びもまるでない。

どうして、いつもこうなのか。三年前も今も……ドミナの運命は、本人の触れられないところで、他人が勝手に決めてしまう。

「どこへ行けばいいのです」

グザヴィエがマントを翻したのが合図のように、三人とデイの死骸に大きな影が落ちてきた。偽りの白昼の空に、鋼の鳥――機関式浮遊船《ジファール》が悠然と浮かんでいる。現象変成《エードラム》による隠蔽《コンシール》なのか、駆動音一つなく、空中から滲み出るように巨大な構造物が出現する様は現実離れしていた。

待つほどもなく、円筒形をした小型の浮遊船が降下してきた。地上と上空の連絡用というわけだ。

「資源の無駄遣いは人間のようですね。感心します」

「あの城で何を学べば、そのような口の減らない姫君になるのだ。まあ、よい。今の内に憎まれ口を叩いておくのがよかろう」

「やめておきます。貴方をからかっても面白くなさそうですから」

「ならば、ついてこい」

グザヴィエとエメが小型浮遊船へ向かう。無造作に捨て置かれて自由になったドミナは、黙って成り行きを受け入れるほどお淑やかではなかった。

「待てよ……そんなの話が違う！　借りを返すのは俺の方だろ！」

奇跡のように命を拾ったばかりなのに馬鹿げていた。領主の気が変われば、たちまち殺されるとわかっていたが、我慢できないものはできないのだ。

「違いません」

「意味わかんねーよ！　テメーだって〈麗起〉だろ。勝てなくたって、噛みつくぐらいしてみろよ！」

　耐えきれないというようにグザヴィエが笑い出す。

「噛みつけか……それはできん相談だなあ、エメよ」

「ナニ笑ってやがんだ！」

　エメが困ったように笑うところを初めて見た。

「ドミナ、私を持ち出してくれた借りを返したと思ってください。それで納得がいかないのであれば……そうですね。この十五年でまともに話をしてくれたのは貴方が初めてでした。それなりに……愉しくないこともありませんでしたから」

「好き勝手言いやがって……おい、待てよ、勝ち逃げする気か！」

　話は終わりだと浮遊船のタラップに足をかけた白い背中へ、ドミナは飛びかかろうと、

「きゃう！」

　グザヴィエが手を翳すと、ドミナは悲鳴をあげて後ろに倒れ、動かなくなった。

「手を出さない約束では？」

「黙らせただけだ。命は取らぬし、罪にも問わぬ。さあ、行こうか。お前が何者かを思い出す時だ」

　それきりエメは振り向きもせず、グザヴィエに続いて小型浮遊船に乗り込む。円筒はあっという間に手の届かない高さへ上昇すると、機関式浮遊船《ジファール》の胴体へ吸い込まれてしまう。

「ちくしょう……」

領主の一撃は、おそらく電撃の一種だったのだろう。痺れて動けないまま屈辱の泥を噛みしめるドミナの頭上を、唸り声に似た駆動音をあげて巨大な鋼の鳥が飛び去り、すぐに見えなくなった。

残されたのは、動けないままのドミナと、デイと武団長・ギヨームの二つの骸だ。

「十分もあれば回復するか。でも……」

デイは死んだ。自分のせいなのだとドミナは思う。ことの経緯や因果の問題ではない。男の怒りを利用した薄汚い魂胆は、誰よりも自分が一番よく知っていた。

なのに、また自分だけが生き残って、今度こそ思い知らされてしまったのだ。

人間は〈麗起〉に勝てないと。

諦めが染み込んできた胸は、ぽっかりと穴が開いたようで、動く気力が湧かなかった。呆然と見上げた空。次第に小さくなっていく偽りの太陽の向こう、無数の星が瞬く夜空は透き通るほどに美しい。デイがあれだけ血を流しても、この空は何一つ変わらない。

「どうせ……何もかも無駄なら……」

だが、絶望には少し早かった。ドミナの耳に微かな足音が届く。

確かめようとしたが、首は痺れていてまともに動かない。苦労して眼球を動かすと、灰色の鳥類じみた細く長い足の先だけが視界に入る。

殺し屋《スレイナー》だ。荒野《ヴァース》の掃除人とも言われる死肉喰らい。おそらく血の臭いに惹かれて現れたのだろう。危険度の低い、人間が単独でも、準備さえあれば狩ることができる魔獣《マンティコラ》だ。が、ドミナは絶賛動けない。

「ちょ、じょ、冗談じゃねえ、う、動け、せめてちょっとでも、このまま食われるなんて最悪だろ!!」

生きたままコイツの夜食になるのは、考えうる中でも相当無惨な死に方だ。ついさっきまで絶望して、生きる気力も湧かなかったのに。

こんな場所で、こんな最後は、意地でも嫌だった。エメのやったことが無駄になってしまう。あの性悪の白い〈麗起〉にとって、ドミナを助けることにどんな意味があったのか、これっぽっちも理解できないが。それでも――彼女の行動が、無為に消えていくのだけは許せなかった。

近づいてくる足音。鼻息。頭の上に生臭い唾液の悪臭。動けと念じながら、必死で四肢を持ち上げようとする。身体は少しずつ自由になっていくが、そんな速度だと到底間に合わない。

「ち、ちくしょう、こんな最後かよ……!」

目の前に細く尖ったトカゲを思わせる殺し屋《スレイナー》の頭部が現れ、ナイフのような牙の並んだ口をパックリと開く。

「きゃあああああああああああ!!!!」

がっつんと噛み合わされる。ぶっつりと肉の裂ける音。

「――――ああああああああああああって……生きてる?」

ドミナは誰かに抱えられていた。

首を真っ二つに絶たれた魔獣《マンティコラ》が、ゆっくりと傾いで横倒しになる。

「悪運の強い娘ですね」

「…………」

絶句したのは、驚きよりも怒りのせいだ。ドミナを抱いているのは、先の戦いの最中に姿を消した執事だった。

「…………ヘルガ」

今、再び、どういう意図で現れたのか。

＊＊＊

ヘルガが冷ややかに見下ろしている。ドミナは息を殺した。そうしなければ殺されると思ったからだ。

「三年ぶりですね。元錬成技師長《アートメンター》・クロウディウスの娘」

「テメー、俺のこと……」

「覚えています。執事とはそれが役目ですので。もっとも、人間種は僅かな期間で変わってしまうので、先ほどは気づきませんでした。わたしともあろうものが」

「〈麗起〉のクセに……人間みたいなこと、言うんじゃねーよ」

感情を殺して睨み返してくるドミナに、ヘルガは失笑したのかもしれない。

〈麗起〉と人間の最大の違いは、不死の寿命でも現象変成《エードラム》を使えることでもない。それは処理能力であり、この世界に奇跡を再現するための膨大な数式すら演算可能な能力は、ドミナの素性をあっさり看破してもおかしくなかった。

「あなたの両親やその徒弟《ナロ》は罪によって死を賜りましたが、娘のあなたは追放で済んだ」

「何が罪だ！　気紛れでぶっ殺したんだろうが。そりゃあ、親父たちは頭に花でも生えてるような、本物のバカだったよ」

いっそ捨ててしまえれば楽なのに、刻みつけられた想い出はそう容易く消えてくれない。

『〈麗起〉と人間は分かり合えるんだ。こうして尽くしていれば、彼らだって私たちを愛してくれる』

ドミナの両親はそんな夢物語が口癖の、本当にお花畑のような人たちだった。愚にもつかない理想《くうそう》に溺れて〈麗起〉に尽くし、花を摘むような気軽さで殺された。

「いいえ、罪はありました。主から廃棄城の研究を命じられながら、五年間まったく成果をあげられませんでした」

「そんなことで？　あんなに大勢殺したの？」

憶えているのは、三年前の風の強い夜だ。

とっくにくたばった弁務官を連れたこの執事が、多層都市《サンドリオ》ニムラの一角にあったドミナと両親の屋敷を兼ねた工房を訪れた。その後は語るまでもない。一方的な罪状通達が行われ、認否も調査もなく、両親と詰めていた弟子たち――ドミナを除く百十七人全員が惨殺された。直接手を下す必要は欠片もなかったはずだが、〈麗起〉たちは自分の手で殺すのを好んだ。

「機関を修理する時、どこにあるのかわからない欠けた歯車をわざわざ探しますか？　不良箇所をまとめて交換するでしょう」

「ああ、そう」

感情が上手く出力できなくて、声が上擦った。

〈麗起〉にとって人間は虫螻だ。気紛れに踏み潰し、何とも思わない。けれど、他ならぬ〈麗起〉の口から突きつけられれば、湧き上がるのは怒りよりも、どうにもならないという屈辱と無力感だった。

「叛逆者を手引きしたのですね。両親の仇を討ちたかったのですか」

胸の奥の、一番柔らかい部分に塩を塗りたくられたよう。

「だとしたら……どうだってんだ！　来るならきやがれ、相手になってやる!!」

執事に抱かれたままだが、いくらか動くようになった身体でパンチを繰り出すポーズを取った。虚勢以外の何ものでもないが、黙っていたら心まで虫螻になってしまいそうで、それが怖くて、やけっぱちの蛮勇を奮い起こした。

ヘルガに手を離されて、地面にお尻を痛打する。

「いってー！　なにしやがんだ！」

「人間如きの感傷に関心はありません。エメ様が救うようにと言われた以上、約束は守られねばなりません。ですから魔獣《マンティコラ》から助けたまで」

「テメー……エメの知り合いか？　領主の手下だろ？」

執事は飄々と涼しげな物腰だ。人間を塵芥と思っている傲慢は、どこを取っても〈麗起〉そのものなのに、見上げていると奇妙な熱を感じた。

敢えて言えば、他の〈麗起〉と目が違っている。まったく似ていないのに、デイを連想させるのが癇に障った。

「なんだよ……頭でも打ったのか、目つき悪りーぞ」

「確かに。領主・グザヴィエの部下ですが、役目上、エメ様の執事でもあります。あの方を廃棄城にお送りしたのはわたしですから」

丁寧に返事は寄越したが、ヘルガの関心はデイの亡骸へ移っていた。ドミナもようやく状況を思い出した。執事がいるのも気にせず、デイに走り寄って縋りつく。

「デイ、デイ！　ちくしょう……領主のヤローに……っ」

デイは目を開けたまま、空を睨んで倒れたまま、力尽きていた。亡骸は肉も骨もまともな箇所は一つもない。

(こんなになるまで……諦めなかったのか……)

「グザヴィエさえも解けなかった廃棄城の封印を破った叛逆者……それが、このような無為な最期を遂げるとは」

「死んだヤツをバカにすんじゃねーよ！　コイツは精一杯やったんだ!!」

「成功を伴わない行動に何の意味があるというのです？　ましてや、死んでしまうなど……山とは頂きまで辿り着いてこそ。途中で息絶えれば、全ての過程が無駄になってしまう」

「無駄じゃねえ！　コイツは、こんなに血を流しても戦ったんだ。絶対……絶対に、無駄じゃねーんだ!!」

頭の中が真っ赤になるほど腹の立った理由はよくわからなかった。出逢ってまだ数日のデイを、本当に仲間と思っていたわけでもないだろうに。それでも——男の死に様まで笑われるのは、両親の死を貶されるよりも我慢ならない。

たぶん、デイが最後まで諦めなかったからだ。ドミナの両親も、馬鹿だったが諦めなかった。

屋敷は燃えていた。錬成技師長《アートメンター》として裕福だった暮らしも、続くと信じていた明日も、ドミナが世界と信じてきた全てが残らず灰になっていく。

生きている者は残り僅かで、それもすぐに居なくなる。血と煙と、人と物の焼ける臭いが入り混じって、目を開けているのも呼吸するのも苦しい中で、腹に穴の開いた父親と母親は、たった一人の娘を無理やりに地下室へ押し込んだ。

（この中でじっとしておいで——）

なんて、馬鹿な人たち。工房の地下室は密閉されていて、屋敷が燃え落ちても残るだろうけど、無駄だ。その程度で〈麗起〉は阻めない。

ドミナよりよほど熟知しているはずの両親は、ドミナだけを押し込んで扉を塞ぐと、自分たちは屋敷の外へ飛び出した。

(お父さん、お母さん――)

泣きながら叫んだのは、それが最後。

どうせ、遅いか早いかの違いなら、いっそ家族揃って最期を迎えたかったのに。

結局、ドミナはその夜を生き残った。工房の人間全員を処分したのを確かめて満足した〈麗起〉たちは、朝になって見つけたドミナの命までは奪わなかった。たぶん、殺すほどの価値もなかったのだろう。

引っ立てられたドミナに、父親は屋敷を飛び出したところで執事に――と教えてくれたのは、母親を四つに裂いた弁務官だ。

そして、ドミナは罪人の娘として都市《サンドリオ》追放を命じられた。


「しかし、驚きです。豊かな暮らしに慣れきった『都市《サンドリオ》落ち』が、生きて一年後を迎える確率は二パーセントに満たない。まだ幼かったあなたが、こうして今も生きているとは……よほど諦めが悪かったのですね」

「るせー、黙れっ!! 俺じゃあ、ねーよ」

娘を生かすのを最後まで諦めなかったのは、満足に亡骸も残らなかった父と母だ。何もかも無駄に思えたあの時に、それでも――一握りもない希望にしがみついて離さなかった。

都市《サンドリオ》の外で生き抜いたのはドミナだが、本当は、そこへ辿り着くずっと前に潰えたはずの運命だった。

「だから……俺は決めたんだ。絶対に、泥を啜っても生きてやるって!!」

「あなたが何を言っても現実は……おっと、お喋りが過ぎましたか。これでもわたしは期待していたのですよ。それが無駄に終わって残念だ。それだけです」

本気で沈痛に見える表情を作る執事のことも忘れ、デイの胸にしがみついて悔しさを吐き出した。

「ちくしょう……ちくしょう……」

ドミナの頬を熱い雫が伝って落ちる。それが涙だと気づくまでしばらくかかった。

両親が死んだ日に、もう二度と絶対に泣くまいと誓った。居住区暮《シェッド》らしの中で、次第に心は渇いていった。生きるだけで精一杯の日々を、〈麗起〉が投げる餌に縋って暮らしながら、いつしか考えることもやめてしまった。

そうしてしまえば立ち行かない。自分が家畜にすぎないと認めてしまえば、この怒りも憎しみも、何もかもが嘘になってしまう。

「泣いているのですか。もう必要はありませんよ」

背後からの一言で全身が総毛立つ。

「どういう……意味だよ……」

涙を拭いながら振り返ったドミナは、見慣れたものを見つけて後ずさった。人間をよくできた玩具か、頭のいいペットとしか思っていないような〈麗起〉らしい顔。

「ちくしょう……やっぱ〈麗起〉なんてクズばっかりだ！」

デイの亡骸に後ろ髪引かれながら、身も世もなく逃げる。走り出すなり、ドンと固い壁にぶつかった。

「人間風情では、逃げ切れませんよ」

全力疾走したドミナの眼前に、後ろにいたはずのヘルガが、いつの間にか立っていた。

「お、俺を殺すのか？　それなら、どうして……さっき俺を……」

「一度救ったのは、エメ様の言うことを守ったまで。それにあなたは叛逆者とよしみを通じていた。もしかしたらと……いえ、叛逆者が死んでは、あなたには何の価値もない」

ヘルガはドミナの背後を指差す。

「ですので……別のことで役に立って貰いましょう。ちょっとした憂さ晴らしというやつです。装備を着けてお逃げなさい。一分間の猶予を与えましょう」

指した方向は谷の外だ。どこまでも夜の荒野《ヴァース》が続いている。隠れる場所さえ見当たらない。一分どころか一日猶予があっても、結果は最初からわかりきっている。

「何が憂さ晴らしだ。領主のヤローがエメを連れてったんだ。テメーは万々歳だろ！　それとも、デイに殺られた仲間の敵討ちのつもりか」

「人間風情が知る必要はないことです」

「俺の命は俺のもんだ！　テメーなんぞの好きにされてたまるか！」

「人間種《あなたがた》は〈麗起《われわれ》〉の庇護なくして生存できない。我々の都合で生かされているのですから、我々の都合で消費されるのも理でしょう」

目を細めてヘルガが右手を挙げた。

それがスタートの合図だと、言われなくてもわかる。逃げろと〈麗起〉は言った。逃げることで、生きることで愉しませろと。

「こんな呪われた世界……」

人間種にとって〈麗起〉は正しさそのものだ。世界を回す理。どうしようもない、受け入れるしかないものだった。たとえ味気ない合成食みたいな、名前もない何ものかとして消費されていくとしても、理不尽と思うことも許されない。

ドミナの命は、三年前に馬鹿な両親が、それでも――最後まで捨てずに守ろうとしたものだ。こんなところで投げ捨てたら、二人が生きていた意味さえ消えてしまうようで――

(でも、どうしたら……)

閉じた目に浮かんだのは、傷ついても立ち上がろうとしたデイの背中だ。

それだけで迷いが消えた。

「何のつもりですか」

ドミナはデイの亡骸の傍へ走っていくと、足下に転がっている一度はデイを貫いた槍の穂先――デイがちぎって手頃な長さになったものを持ち上げた。人間用ではないから持ち上げるのに両手が必要で、抱えたところでまともに使えそうにないが構わない。

「見てわかんねーのかよ。武器持ってんだから、やることは一つだろ！」

「逃げないのですか。僅かでも生きながらえるでしょうに。万に一つでも逃げ切る可能性があるかもしれない」

「テメーが逃がすような可愛げのあるタマかよ。捕まえて高笑いしながらぶっ殺されて終わりだろ。ああ、いいぜ、笑いたけりゃあ笑えよ。でも、もう逃げない」

ドミナが歯を食いしばって恐怖に耐える。

「理解に苦しみますね」

「デイは……俺の仲間は、最後までぶち当たった。死んでも諦めなかった。だから……俺だってそうするよ」

「やれやれ、仲間……ですか。もはや叱られないからと勝手なことを……」

呆れ顔のヘルガは、それでも——愉しそうに笑みを浮かべた。

「しかし、逃げるよりは立ち向かってくる獲物の方が甲斐がある。結果は同じでも、せいぜい愉しませていただきましょう」

「〈麗起〉には一生わかんねーだろうけど、違うんだよ」

ドミナは両手で構えた槍を真っすぐヘルガに向けた。届くかどうかはもう考えない。

「呪われた世界なんて、やっつけてやんよ！」

「何という無駄な浪費……そんな無意味な生き方をするとは、なるほどクロウディウスの娘らしい」

心の底から人間の愚かしさを嘆くヘルガは、ドミナを消費しようと右手を伸ばす。

「無駄だろうが知ったことか。せいぜい嘆いてろ!!」

ドミナは渾身の一振りを喰らわせようとしたが、槍はピクリとも動かなかった。

(重すぎ!?　ここへ来て、これかよ……)

つくづくしまらない。これが人間の限界なのか、と。

「無駄など――ない」

大気を斬り裂く風圧がドミナの頭上を越える。快打の音は一瞬遅れて降ってきた。

それは、この数日で何度も聞いた、鋼と鋼が高速度でぶつかり合う、耳を劈く音だ。

ヘルガの顔を拳が捉える。赤い拳が。避けきれず吹き飛ばされたのは油断故だが、止む得なかったろう。それは絶対にあり得ない一撃だったのだから。

「ま、まさか!?」

執事ともあろうものが、驚きと恐れで起き上がることすら忘れた。

ドミナの傍らに、赤く鋭利なシルエットが立っている。完全に死んでいた赤い鋼が、不死身の怪物であるかのように甦っていた。

「デ、イ……」

ドミナは自分の目を疑った。実は既に執事の奴に殺されていて、これは今際の際に見た幻ではないのかと。

轟と荒い呼吸音を立てながら、赤い鋼が息を噴き出す。一度は完全に消えたはずの炎が、チロチロと全身に燃え上がっている。

「生きて……やがったのか！」

「立っただと……あり得ない。間違いなく致命傷だった……」

「死ぬのは二度目だ」

デイはちぎられた右腕を拾い、腕の断面に押し当てる。傷口から流れる血が炎となって切断面を焼く。それはまさに溶接であったのか。右腕の五指が動き、拳を握りしめる。

「なん……だと……」

執事が目を見開く。現象変成《エードラム》としてもあり得ない復元力。しかし、食い入るように見入っているのは腕ではなく、デイの胸に穿たれた穴だ。

「貴様は、殺す」

鋼が赤く輝き、鋼甲の隙間から高熱の風を噴き出し始める。

「あ、あち、やめ……いきなりはやめろ！」

ドミナが吐き出される熱を被りかけた。制止はしたものの、他人の話を聞かないデイがお構いなしに戦闘へ突入するのは覚悟していた。

「…………行け」

信じられないことが起きた。デイが後ろの岩陰を指差したので、ドミナは邪妖精に化かされたような顔になった。

「先に隠れろって？　テメーに仲間の話を聞く機能とかついてたんだ……」

「ずっと聞こえていた」

「いや、そういうことじゃねーんだけど……まあいいや」

後は任せて離れようとしたドミナの足を引き留めたのは、執事の笑い声だ。

「は、はははははは、これは傑作だ！　仲間！　仲間とは、実に、なんとも！　グザヴィエに胸を貫かれても甦生するほどの力！　そうでしたか、考えてみれば当然の帰結なのに、簡単すぎて今の今まで思いつかなかった。まさか、そういうカラクリだったとは！」

「何がおかしい、クソ執事。文句あんのかよ！」

ヘルガが狂喜している理由が、これっぽっちもわからなかった。一触即発の空気なのに、まるで無防備だ。この瞬間に仕掛けていれば、そのまま倒せてしまったかもしれない。

奇跡のような復活を遂げたとはいえ、デイの四肢は壊れたままで万全には遠い。ヘルガを確実に倒せる好機を敢えて見送ったのは、まだドミナとの距離が近すぎて、戦闘になれば巻き込んでしまうからだ。

「文句など、わたしにはまったく！　それを言うとすれば、あなたの方ではありませんか。叛逆者があまりに異常だと気づいていながら、知らぬフリをしているのでしょう」

「デイが……そりゃあ……ええい、回りくどすぎんだよ！」

怖い〈麗起〉に痛いところを突かれても、もう一人ではなかったから勇気が出た。

「ええ、あなたの蟠《わだかま》りを解きましょう。さあ、あの男の胸の傷を御覧なさい！　それが全ての解答です」

「胸？」

元々、デイの胸には大きな十字の傷痕が刻まれていた。同じ箇所をグザヴィエに貫かれ、軌装の鋼甲ごと深く裂けていて、中身の肉体が見えていた。醜く弾けた裂創と砕けた肋骨の向こう——生々しく血を流す無惨な傷口から覗くのは、肉でできた人の心臓ではない。

「鋼の……心臓？」

そんな、まさか。

ドミナは何度も見返したが、そこにあるのは回り続ける鋼色の人造の機関。

「いいえ……それは『鋼の心臓』ではありません」

「嘘つけ！　親父の工房で見たぞ。デイの胸のアレは……確かに『鋼の心臓』だ！」

ドミナにもようやく腑に落ちた。というよりも、そうでなければ筋が通らない。軌装は〈麗起〉が持つ心臓の力の具象だから、それを扱うものが『心臓』を持つのは、山ほど飯を食ったら動けなくなるのと同じくらい当然だ。

「では、『鋼の心臓』を人間に与えると、どうなると思います？」

「そんなの無理に決まってるだろ。人間じゃあ、『心臓』には耐えられねーんだから！　テメーらが何百年も前から散々実験しやがったはず。そもそも〈麗起〉はそのために造られた……」

錬成技師《アートクラフター》なら誰でも知っている常識を捲し立てている最中に、その意味するものに気づいて、デイの『心臓』を二度見してしまった。

「ご指摘の通り、四百五十年も前に、不可能という結論が出ています」

　ドミナも、〈麗起〉たちも、デイが『鋼の心臓』を持っていると考えた者すらいなかった。不可能に決まっているから、可能性を疑ってみた者すら皆無だったのだ。

「じゃあ、デイのは何なんだよ!?」

「特別製の心臓――〈麗起《われわれ》〉は『鉛の心臓』と呼んでいます。これで繋がった。その男が成した多くの奇跡は、全てその『心臓』を持っていたからこそ」

　渦中のデイを、心臓を、ドミナは見つめた。

「本当……なのか……」

「そうだ」

　現実を目の前にしても否定して欲しかったが、デイはいつもと変わらず端的だ。

「……知ってたのかよ」

「あるのは知っていた。胸を裂いて確かめたからな」

「うえ……」

　デイが自分の胸を開く場面を想像して、ドミナは気色悪くなった。

「そうか……特別な『心臓』だったのか……」

「知らなかったのかよ！　テメーどういう神経してやがんだ！　自分の胸でワケわかんねーのが回ってて、気にならなかったのか!?」

「殺せるからな」

　ドミナはガックリと肩を落とした。……そうだ、こういう奴だった。

「まさか、人の身体に『鉛の心臓』を繋ぐとは……暴挙としか……」

呆然自失に近いヘルガの呟きに反応して、ドミナの心臓は壊れそうなほど早鐘を打った。身体の芯から震えがくる。時折デイから感じていた、得体の知れない恐怖の正体が、ようやく白日の下に晒されたのだ。


心臓は〈麗起〉の中枢。それを持つデイは――

人間は〈麗起〉に勝てない。〈麗起〉に勝てるデイは――


「でも……じゃあ……テメーは……」

「俺は、デイだ」

男の返答には理屈なんてまるでない。それどころか、まともに答えているとも言えない。それでも――ドミナは信じられると思ってしまった。

それはきっと理屈では割り切れない気持ち。諦めないデイの中に、諦めなかった両親の姿を見たような気がした。

復讐に生きる男の、傷ついても立ち上がる背中から、大事なものを貰ってしまった。だから、仕方ない。

「それで……いいや、このバカ」

「他人に馬鹿と言うのは勧めない」

「ああもー……この期に及んで、バカ言ってんじゃねー!!」

やかましかったドミナの心臓が急速に落ち着いていく。

「取りあえず、デイはデイってことでいいじゃねーか」

彼は人間でもなく、〈麗起〉でもない、半人半機の復讐機。

「鉛だかの『心臓』のおかげでまだ生きてるってことだろ。儲けものじゃねーか。なんせ、やることは終わってねーんだからな」

ドミナは真っすぐに指差す。その先にあるのはヘルガであり、今は姿の見えない機関式浮遊船《ジファール》だ。

「最後までやっちまおうぜ！」

「ああ」

デイがドミナを庇うように前に出る。胸を抉られ、満身創痍の四肢に、駆け抜けるための力が再び蓄えられる。それが発射される寸前に、ヘルガは両手を挙げた。

「おやめください。わたしに戦う意思はありません」

「はあ!?　何考えてんだよ、テメーは!?」

狩りの獲物にされかけたばかりのドミナは、戦闘に巻き込まれない安全距離を取るために後ずさりながら吠えた。

デイは無視して拳を構える。弓を引くような発射態勢は、問答無用で今すぐ殺すという死刑宣告だ。そんな状況下で、ヘルガは本気で戦う意志を放棄していた。

「機関式浮遊船《ジファール》へ案内できます」

その台詞に、デイの戦意の矛先が僅かに緩んだ。

「『鉛の心臓』の男……今、あなたと戦えば、わたしはただでは済まないでしょう。それは困るのですよ。わたしは執事として、機関式浮遊船《ジファール》の航路を知り尽くしています。先回りするのも容易い」

ついさっきまで〈麗起〉の冷酷と傲慢そのものだった相手なのに、まるで懇願するようで、ドミナは酷く苛立った。

「デイ！　こんなヤツ、信用すんな！　〈麗起〉が自分の主人を裏切るなんて、聞いたことねー。人間なんか虫螻としか思っちゃいねーヤツが約束を守るワケねーよ！」

「知っている」

わかっているでも、そうだなでもなく、知っている、だった。

「奴らは人間を消費するだけだ」

ヘルガは本心は覗わせず、更にカードを切った。

「では、もう一つ教えましょう。グザヴィエはエメ様を使って、十五年前と同じ『実験』をするつもりです。おそらく……ニムラ辺境領全域で」

「ムーンシェルをもう一度——だと」

デイの目が、マグマに似た黒く重い憎悪で燃えた。反応を引き摺《ひず》り出したヘルガの切り札は、確かにとっておきだった。が、それは赤い鋼の男の最も繊細な部分に触れる、下手をすれば問答無用でこの場で殺される危険を孕んだ諸刃の剣だ。

全てを承知して、交渉のテーブルに立ったヘルガにとって、この場は機関式浮遊船《ジファール》上での一局以上の、渾身を懸けた戦場に違いない。

「……どうするのです？　エメ様はグザヴィエの手に落ちた。残された時間はせいぜい一日か二日。わたしならその前に、あなたを領主の居場所へ連れていけます」

「俺たちを……案内しろ」

ドミナが目を丸くしたのは、デイが即答したからではなく、「俺たち」なんて言うのを初めて聞いたからだ。

「どうかしたか」

「べ、別に……全然どうもしてねー！」

不思議議と笑ってしまう。こんな状況なのに、だ。

「そういうことなら……行こうぜ。こんなところでも、俺にとっちゃあ生まれ育った場所なんだ。クソ領主の好きにさせてたまるか！」

それだけでなく、ドミナにはやらなければならないことがあったから、胸の内で拳を握る。

（勝ち逃げしたままのヤツに、一言いってやらなくちゃ……）

五章　赤き死神

「ここまでほんの数日だってのに、地の果てでも目指してた気がするぜ」

巡り巡って最後の大舞台に挑むのは、自分とデイと領主・グザヴィエの手下のはずの執事・ヘルガ。生き方も、種も、目指すゴールすらも、何もかも違う。

「こんな顔ぶれで伸るか反るかの勝負とか、笑えねー」

「ようやく辿り着きました。あれです」

ヘルガが案内したのは、ほぼ丸一日移動した先の平原だ。ドミナの足では何日かかっていたかわからなかったが、時を急ぐ半人半機と〈麗起〉は、交代で少女を背負い、行く手を阻む運の悪い魔獣《マンティコラ》を排除しながら、昼夜を問わず走り続けた。

加減しないデイの背中に掴まっているのは、嵐に巻かれた木の葉になった気分で、何度か意識が飛んで、そのまま目が覚めないかと思った。

「エラい場所にあるじゃねーか」

見晴らしのいい高台に出た。真下の目的地は、平原と呼ぶにはあまりに不自然だった。牙を思わせる岩山が乱立する山中に突然、巨人がスプーンか何かで削り取ったような平坦な窪地が現れる。

現象変成《エードラム》でも、地形そのものを改変するのは容易ではないだろう。どれだけの力が費やされたのかを想像するだけで気が遠くなる絶景。

窪地の中央には、鋼の鳥を思わせる機関式浮遊船《ジファール》が着陸している。比較物のない空中と違って、地上にある浮遊船の巨大さは、〈麗起〉がいかほどの存在かということを、いやというほど思い知らせる。

ドミナはこの世界に生きている限り常に思い知らされる現実を、ブンブンと頭を振って吹き飛ばす。

「圧されてる場合か。で、どーすんだ？」

「足手纏いが不安でしたが、何とか間に合いましたね」

執事にまるで無視されても、背負われたままで格好悪くても、ドミナはへこたれない。

「足手纏いで悪かったたな。別に守ってくれとは言ってねーよ。テメーらが領主とやり合ってる間に、俺は俺でやりたいようにやるさ」

ドミナも行くと言った時、デイは異論も反論も出さなかった。そうか、と頷いただけだ。戦力にもならない少女は置いていかれて当然だったのに。

「今までの借りは帳消しってことにしてやるよ」

「そうか」

最後になるかもしれないから伝えたが、デイの返事はやはりそっけなかった。しがみついた背中は、耐熱コート越しでも温かかったが。

「すぐに行きますか？　浮上前なら侵入は容易でしょう」

「あれは……何だ？」

デイの問いにヘルガは少し沈黙したが、背中からドミナが口を挟んだ。

「あの土地は全部が遺物《レガシー》なのさ。地下には都市《サンドリオ》みたいなデケー施設がある、不死戦争の頃の代物らしいぜ」

「さすがはクロウディウスのご息女、そこまで知っているのはニムラでもほんの数人」

「たまたま……親父たちの話を立ち聞きしただけだよ」

「機関式浮遊船《ジファール》は、地下から『実験』に必要な機材を回収するために立ち寄ったのでしょう。作業はほぼ終わっているようですね」

「あのクソ領主、エメに何するつもりなんだ？『実験』とかをしたら、ニムラ辺境領は……ムーン何とかって都市《サンドリオ》みたいになるのか？」

「人間には知る必要のないことです」

「俺たちと一緒にやるんじゃねーのかよ‼」

「案内すると申し上げただけです。いえ、デイに力を貸すのはやぶさかではありませんが、人間と協力など……そんな無為なことはいたしませんとも」

「ケンカ売ってんなら買ってやるぜ！」

ドミナはすっかり腹を括っていたから、〈麗起〉相手でも黙っているつもりはこれっぽっちもなかった。

だから、振り上げた拳が止まったのは、高速で金属同士を擦り合わせるような低い耳鳴りがしたせいだ。

「領主《やっ》は、ムーンシェルで、何をしていた」

ヘルガが咄嗟に身構えたほど、憎悪が噴いて零れるようだった。野営の時にも聞いた、その都市《サンドリオ》で起きた何かが、デイの原風景。怒りと殺戮の源泉だ。

「案内は終わった。喋らなければ、殺す」

耳鳴りはデイの胸からしていた。望まず生まれ変わった身体を支える『鉛の心臓』が、憎悪に呼応するように唸りをあげて回っている。

「……困りましたね。今はあなたと戦うわけにも、死ぬわけにもいかないのですが」

沈着冷静を絵に描いたような執事が本気で焦っていた。復讐機に正気の駆け引きは通じない。進退窮まったヘルガは手札を明かすしかなかった。口を開いても言葉次第で命がないが、黙っていたら確実に殺される。

「十五年前……ムーンシェルで、とある『実験』が行われました」

「そこまではもう聞いたよ。同じことを領主のヤローがするってんだろ。いったい何の『実験』なんだ？」

何度もデイの殺意を浴びてきたから、ドミナにだって減らず口を叩く程度はできた。

「〈麗起〉全体の命運を左右する『実験』――とだけ。その結果、ムーンシェルに居た十万人が死にました」

「じゅ……」

デイをみれば、ムーンシェルの出来事が惨劇だったと予想はつく。けれど、あっさり出てきた数字は最悪の予想をぶっちぎる。居住区《シェッド》を五十集めてもまだ足りない。非日常な桁すぎて、まるで想像が追いつかなかった。

「待てよ……そんな『実験』をもう一回やるつもりなのか!? そんなの、ニムラ辺境領が丸ごと消し飛んじまうんじゃ……」

「そうですよ。今更ですね」

デイもヘルガも承知の危機を、ドミナだけが共有していなかった。ここへ来て思い知らされたのは、自分たちが領主を何とかしなければ、何もかも終わってしまうという現実だ。

「悩む必要はありません。グザヴィエを討つのはデイだ。わたしが案内します。人間の役割は何もない」

「つくづく、一言多いヤローだな!」

「デイが敗れた時は、ムーンシェル同様にニムラの人間は全滅するでしょうが、それも……デイ《あなた》はよくよく数奇な運命らしい。この『実験』に、生涯二度も立ち会うことになるとは」

恍惚とした熱に浮かされて、執事ともあろうものが余計な地雷を踏んだ。

「あなたにしろ、ムーンシェルの住人にしろ、最初からそのために集められたのですから、偉大なものの礎となったことを歓喜すべき――」

「――歓喜しろ、と言ったな」

あらゆる感情の剥離した声。高温の炎の色は赤から青へ変わるように、怒りや憎しみといった激情も、行き着けば冷めた殺意しか残らない。

デイがゆっくりと手を伸ばす。あと一秒黙っていれば死闘が始まっていた。ヘルガは最後まで抵抗するからだ。

「デイ——」

背負われたドミナがデイの手を掴んだ。復讐に狂う怪物へ触れるのは正直恐ろしかったが、ここで踏み込まないとデイが取り返しのつかないところへ行ってしまう気がした。

「用が済んだら殺すなんて、〈麗起〉みたいじゃねえか」

絞り出すように言って、ドミナは待った。怒らせるかもしれないと覚悟した。これまでのデイの生き方を否定することでもあるからだ。

デイもヘルガもピクリとも動かなかった。果てしなく長く感じた時間は、実際はせいぜい十秒かそこいら。

「話は直接、領主に聞こう」

心臓の耳鳴りが消える。デイはいつもの生気の薄い幽霊じみた貌で、ドミナを背負ったまま、機関式浮遊船《ジファール》へ向かう。

「礼を……言わねばなりませんね。彼をグザヴィエの前へ連れていくまでは、死ぬわけにはまいりませんので」

今の一幕は、ヘルガにとってかつてない窮地だったのだ。

「テメーのためにしたんじゃねーよ」

ドミナにとって、ヘルガは父親を殺した仇だ。憎くて仕方がないが、弁務官が死んでも気が晴れなかったように、殺して解決と割り切れるほど単純になれない。

「領主のところまで一緒にやるって約束だろ。内輪揉めはごめんなだけさ。でも、借りだと思うなら、いつか返せ。〈麗起〉には何も期待しねーけど」

「考えておきましょう」

ヘルガは何事もなかったように、デイとドミナの後に続いた。

＊＊＊

豪奢な広間は、機関式浮遊船《ジファール》の内部に用意されていた特別な場所だ。グザヴィエとエメ以外、何人もこの場所に立ち入ることを許されていない。

「船を浮上させよ」

白塗りの玉座の前に立つ黄金の男《グザヴィエ》が命じると、伝声管一つないのに声は船橋へ伝わった。全ての準備を終えた船全体が身じろぎするように揺れる。現象変成《エードラム》で世界の傾斜を書き換えて移動する機関式浮遊船《ジファール》の浮上は驚くほど静かだ。浮上してるのではなく、上空へ墜ちているのだ。

「空ならば、邪魔者が現れることもない」

「ニムラの領主ともあろうものが、ずいぶんと慎重ですね」

白く絢爛な王座にはエメがいた。王座に相応しい白い女は、廃棄城でそうだったように、女王ではなく囚人だ。立ったまま壁のから伸びた鎖で手足を拘束され、磔刑の聖人か、怪物に捧げられる生贄のよう。

「叛逆者には誅を下したが、いつの時代も不心得者は絶えぬもの。用心とはいくらしたところで足りぬものだ」

グザヴィエがいつになく興奮気味なのは、長年の夢が叶う時が来たからだ。夢の始まりは、数百年前のとある忘れがたい一日だった。

「女を縛って高揚とは、辺境領とはいえ領主の身で趣味が良すぎます」

「この十五年をどうすごせば、これほど口が悪くなるのだ。いや、そもそも、自分から廃棄城を出ようとするとは……何を考えている？」

「別に。当たり前のことです。そう、十五年もあの城の王座に釘付けで、私もいい加減飽きてしまいました」

「そうか……やはり最初から正常ではなかったか」

「今度は私が訊ねましょう。大げさな舞台を設《しつら》えて、何をするのです」

「それを……訊くのか……」

「貴方の無知は笑いません。私がこの数日で学んだことですが、実際に見聞きしてみなければわからないことが世の中には多いようですので」

澄ましたエメの態度が、グザヴィエには理解できなかった。

「この数日……だと？　叛逆者や人間と行動を共にして、情が移ったとでもいうのか。お前にそんな機能があるとは思わなかった」

「まさか。経験を積んで学んだという意味です。まあ、移るような情が私にあるのかは、私自身大いに興味がありますが」

「よかろう。お前自身をどう扱うかについてだ、聞く資格はあろう。解りきった話だが……十五年前のムーンシェルでの、我らの悲願を果たす。多少やり方は変わるが」

「ムーンシェルは失敗しました」

「そうだ、全ては予定通りだった。お前は『器』となるはずだった。新たな希望がもたらされるはずだった。だが――」

「だが？」

「そうはならなかった。何故だ？　実験は完璧だった、問題はなかった。今の姿を見て確信したぞ。やはり、お前が失敗作であったからだと。ならば簡単だ。新たな、より完璧な『器』を使えばよい」

「自慢ではありませんが、私はこれでも唯一無二です」

「だから、廃棄城への幽閉に留めた。あれから十五年、猶予は終わりだ。お前の資格を貰い受ける」

「――――そう、貴方は〈ザ・ワン〉になりたいの」

白い〈麗起〉の女は、まるで神託を告げる巫女のようだ。

「あの『不死戦争』で、我ら〈麗起〉は不完全な創造主から世界を勝ち取ったが、時代の黎明は黄昏でもあった。理由も告げぬまま、我々を導く太陽は消えた。残されたのは、存在意義を失った哀れな囚人たち」

「囚人？」

「今や〈麗起〉の大半が領地に篭もって気紛れに支配するだけ。勝者となりながら目的を見出せなかった。そこが牢だと気づいていない最悪の囚人だ」

「貴方はそれが気に入らないのね」

「〈麗起〉には導く者が必要だ。失われたのなら、もう一度造り出さねばならぬ。支配を欲するのではない。〈麗起《われら》〉の種の未来を欲するのだ」

「まるで、人間のようですね」

「私を……愚弄《ぐろう》するのか」

グザヴィエの黄金の髪が、ぞわりと怒りに燃える。

『予定高度まで上昇いたしました』

船橋からの声は壁から聞こえた。報告を仲介する執事たちがいなくなったので、人間は領主の前に直接姿を見せることができない。

「……話は終わりだ。では、別れの時だ」

始まりを告げる荘厳な調べはなく、グザヴィエは右手をエメの完璧に豊かな造形の胸の間へ、無造作に触れさせた。血一滴流すことなく、指先が根元まで沈み込む。

名画に最後の一筆を加える画家にも似て、極限な集中を行うグザヴィエは、更に奥へ進めようとした手を止め、虚空の一点を睨みつけた。

「まさか……生きていたのか、叛逆者」

＊＊＊

僅かに時を遡った機関式浮遊船《ジファァール》の外――

予定通り器材の搬入が完了し、船体底部の大型搬入口が閉じられていく。急速に大きくなる機関の駆動音。通常よりも遥かに慌ただしく、浮上準備が進行していた。

外で作業に従事していた、人間を真似たブリキの玩具めいた人形《レヨン》たちは機内へ戻ろうとして、予定にない侵入者を感知した。

「ナニモノカ」

同時に黒い影が跳躍し、一瞬だけ太陽を遮る。

疾走するのはデイとヘルガだ。デイの背にドミナが背負われている。目指すのは、閉じていく搬入口。予想よりも出航が早く、侵入のために小細工を弄する猶予がなくなったから、正面突破する。

〈麗起〉の施設の警戒がザルなのは、この機関式浮遊船《ジファァール》も変わりない。旧種《にんげん》の反抗は眼中にないのが、〈麗起〉の思想であり思考だ。それを差し引いても、機関式浮遊船《ジファァール》は巨大で、運用に携わる人形《レヨン》が数百体配置されている。

付近の人形《レヨン》たちが一斉に動いた。数十を下らない彼らが縦列を組んで前進する様子は人型の津波だ。二人の男がたちまち呑み込まれる。

「るああぁああぁぁあああ!!」

デイの拳が走り、空中に黒く鋭い軌跡を残した。人形《レヨン》が繰り出す槍をへし折り、行く手を阻むものを吹き飛ばす。数十倍の数の差も意味がない。半人半機の行くところ、バラバラになった人形の残骸が波飛沫のように飛び散った。

恐怖を持たない人形《レヨン》たちが、再び縦列を組んで前進する。デイとヘルガは一瞬のアイコンタクトだけを交わすと、左右に分かれた。デイが真っ向から濁流を粉砕する掘削機とするなら、ヘルガは駆け抜ける短剣だ。美しい執事が隊列の隙間を縫うと、手刀で切断された人形《レヨン》の首が次々に落ちた。

「デイ、ヤバいぞ！　機関式浮遊船《ジファール》が飛び立ちやがる！」

巨大な鋼の鳥が地上から離れ始めたのを、ドミナが指差す。

最短コースを塞いでいる人形《レヨン》の隊列へ、デイは自分から飛び込んでいく。心臓が唸り、生身のデイに〈麗起〉の力を与える。行く手にあるものは容赦なく、破壊し破壊し、破壊し、破壊する。同士討ちも恐れず八方から繰り出された槍を、旋回して避けながらバックブロー。攻防一体の竜巻と化して、人形《レヨン》たちを武器ごと砕く。

(ヤベー、こいつはマジでヤバい……)

背負われているドミナの視界は真っ赤だ。デイの凄まじい動きの負荷で生じたレッドアウト。歯を食いしばっていなければ意識が飛びかねない。耐えきれず死んでも不思議ではない。

デイが切り開いた道をヘルガが走り抜け、跳躍する。機関式浮遊船《ジファアール》の搬入口に取りついた。

一瞬、そのまま一人で走っていくかと思ったが。

「跳んでください」

掴まれと手を差し出した。デイは手近な人形《レヨン》たちを潰すと跳躍し、ヘルガを無視して搬入口に侵入した。

辺りには、様々な物資が種類毎に整理されていた。積み込み作業に従事していた人形《レヨン》たちはデイたちを迎撃したので乗り込めなかったのだろう。重く篭もった駆動音が反響するだけの、完全な無人区画だ。

発進間際の慌ただしさのせいで、侵入者としてまだ察知されていないらしい。貴重なボーナスタイムに、三人は船内深くを目指し、回廊へ用心深く踏み込む。

「領主は？」

「おそらく……エメ様と共に、船の中央に作られた儀式の間に。案内しましょう」

ヘルガを先頭に歩きながら、デイは人形《レヨン》を破壊したばかりの右手を、いやに念入りに開いたり閉じたりしていた。具合のおかしい機関の動作を確認する錬成技師《アートクラフター》のような目つきが引っかかった。

「生き返ってから、ロクな休みもなしにここまでの強行軍なんだ、異常があるなら言えよ。これでも腕利き技師なんだぜ」

デイは半人半機だから、ドミナにも少しはできることがあるかもしれない。

「……砕かれた手、もう直ってやがるな」

「大丈夫だ」

領主との戦いで破壊されたデイの両腕は、ここへ来るまでに、少なくとも見た目は元通りになっていた。都市《サンドリオ》にあるような専門の医療用機関でも可能かどうかというレベルの真似をしたのが『鉛の心臓』の力なら、特別なものというのも解る。

「この先は戦いが続く」

思い出したように、デイは付け加えた。

「お、そうだな。テメーの足で歩くよ」

笑うように鼻を鳴らして、ドミナはデイの背中から飛び降りた。戦闘の影響が残っていて多少ふらついたが。

「船内には警備らしい警備はいません。我々が乗り込んだ後、荒野《ヴァース》に独りで残っているよりは安全かもしれませんよ」

執事が口を挟んだのは、フォローではなく、デイの反応が興味深かったからだろう。

「俺は、領主を殺す」

「ああ、テメーに守ってくれとは言ってねー。俺は、自分のやることをやりにいくんだ。あの女に勝ち逃げされてたまるか」

「エメ様を助けようというのですか、人間風情が……」

風情と侮られても、ドミナには譲れない。

「借りは返すのが信条なんだよ」

「わたしが協力する理由は訊ねないのですね」

「貴様も殺す」

デイの返事にヘルガは頷いた。

「殺す相手であるから、知る必要はない……ですか。実に効率的だ。あなたという人は、わたしよりもずっと〈麗起〉に相応しい」

幾つかの回廊を抜けた後で、デイが立ち止まる。

「――気づかれている」

船内は眠っているように静まり返っていた。前後の回廊に目を配るが、ドミナには何の変哲もなく見える。

「本当……かよ？」

デイは〈麗起〉に関して異常に鼻が利く。無下にはできないが、それらしい動きはない。しかし、復讐機は自分の判断を疑うことなく行動に移す。

「最短コースで行く」

ヘルガは眉を顰めた。今、この男は何と言ったのか？

それ以上の説明もなく右手を突き出したデイの構えに、ドミナは敵が出てくるよりもよほど狼狽した。

「ちょ、軌装を使うのかよ!?　そんなのいきなりすんじゃ、」

デイが本気になれば、こんな狭い場所は排気だけで焦熱地獄に変わる。ヘルガはともかく、ドミナは味方にローストされる笑えない最期を迎えてしまう。

冗談じゃねえと制止するよりも先に、金属の廊下が液体のように波打った。金属ではなく生物めいて蠢く四方の壁と床から、即座に身構えたデイとヘルガへ、無数の鎖が射出された。

「これは――グザヴィエの現象変成《エードラム》！」

ヘルガが、続いてデイが左右へ跳躍し、飛来する鎖を避ける。壁を蹴ってジグザグに移動しながら、波打つ廊下から脱出する。

「むう」

デイが何度目かに着地した壁が、突然柔泥のような物質に変成して足を取られた。膝まで埋まり、絡みついて抜け出せない。更に飛来する鎖が四肢に絡みついて動きを封じた。

「そんな鎖、ぶっちぎっちまえ！」

ヘルガも鎖に囚われていた。ドミナが自由なのは、そもそも敵と見なされていないせいだ。機関獣《ベステア》を素手で粉砕できるデイは、全力で引きちぎろうとしたが、鎖は亀裂一つ入らない。

「なんつー頑丈な……」

「狼藉は許さぬ。今は大事な時だ」

「この声は、領主のヤロー！」

廊下全体に朗々と声が響く。遠くから聞こえた音声ではなく、目の前から響いた肉声だが、位置がわからない。そんな不可解な声だ。

廊下の一部が飴細工のように盛り上がって、人型の上半身を形作った。精緻な金属色の造形には見覚えがある。ニムラを統べる領主・グザヴィエその人の顔だ。それは領主自身の似姿であり、この船のどこかにいる本体と繋がっているらしかった。

「あれだけの深手を負いながら、どのような邪法で生き延びたのだ。叛逆者よ、お前を甘くみていたのを認めよう。しかし、その鎖に囚われていては軌装転概《オーダー・エッジィ》もできまい」

グザヴィエの現象変成《エードラム》で創造されたこの鎖は、現象変成《エードラム》の数式が現実に干渉するのを阻害する、〈麗起〉を拘束する際に使われる代物だ。

「それが、どうした」

余計な口上を、男はまともに聞いていなかった。デイの腕の筋肉が岩のように盛り上がる。心臓が高速回転する、低い唸り。

(何だ、この音……前より出力が上がってる気が——)

ドミナが目を見張ったのは、『鉛の心臓』が、デイの憎悪に呼応するように咆哮を増していたからだ。憎悪を喰らって力に変える機関という、あり得ないイメージに身体の芯が冷たくなる。

四肢を縛りつける鎖がピンと張り詰めた。鎖は鋭い悲鳴をあげて軋むが砕けない。軌装こそしていないが、普段よりも明らかに増しているデイの力でも、だ。

「この鎖の強度は武団長の槍の十倍だ。力で外すことはできぬ」

デイの抵抗を嘲笑うグザヴィエは、もう一人の侵入者に目を向けた。

「執事よ。同胞に牙を剥くか」

囚われながら、ヘルガは慇懃《いんぎん》を崩すことなく一礼をした。

「心外でございます。約定を裏切り、廃棄城を攻撃したのは主では」

「なるほど……そういう思惑であれば、お前も叛逆者も並べて骸を飾ってやろう」

哄笑を断ち切ったのは、不気味な軋みと獣を思わせる咆哮だ。

「るおぉおおおおおおお――――!!」

グザヴィエが目を見張った。あり得ない現象が起きていた。十倍の強度と豪語した鎖に無数の小さな罅が入る。前回の戦闘データから、デイの戦力は計測済み。死力を尽くしたところで、拘束は解けない確信があった。この鎖を力だけで破れるものは、かつての帝国の大貴族にも幾人もおるまい。

しかし、その覆しようのない予想をデイは覆す。軌装もせずに。

「叛逆者、どこからこれほどの力を!?」

「――――貴様を、殺す」

あとコンマ五秒で男の憎悪は戒めの鎖を引きちぎる。そのような叛逆をグザヴィエは許さなかった。

廊下全体が波打ち、巨大な魔獣《マンティコラ》の如き牙を持つ口腔に姿を変えた。デイとヘルガが避ける術なく呑み込まれる寸前、デイの右腕の鎖がちぎれ飛んだ。

「るあぁあぁああ!!」

自由になった拳で足の下の壁を思い切りぶん殴る。軌装もしていない男の一撃で、生物化した廊下の壁全体が波打った。二人を拘束する鎖は解けなかったが僅かに緩んだ。

だから、その一瞬にヘルガが選んだのは、動くようになった足で、ドミナを廊下の端まで蹴り飛ばすことだ。

「なにしやがる、クソ執事!?」

「借りは返しましたよ」

ドミナの目の前で怪物の咥内に変わった廊下は、二人の男を呑み込んだまま、ぴったりと閉ざされた。

＊＊＊

「げに恐ろしき男よ……だが、叛逆者の始末はついた」

玉座の間で、グザヴィエは閉ざしていた目を開く。領主の持つ現象変成《エードラム》は、ここから一歩も動くことなくデイとヘルガを始末したが、沈黙する背中から数十年ぶりの怖気が消えてくれない。

かつてただ一度、旧種を打倒し〈麗起〉の世界を勝ち取った偉大な大帝に謁見した際の感慨とよく似ていた。理解しきれないものへ抱く感情が恐怖とするなら、ほんの僅かだがグザヴィエはデイを恐れたのだ。

「十五年前の失敗を濯《そそ》ぐ時が来たぞ」

だが、憂いの元凶は排除した。悠然とマントを翻し、囚われのエメに向き直った男の威厳は、まさに失われた帝国の大貴族たる黄金の獅子そのものだった。

白い女はどこまでも、この世の全てに価値を見出していないかのような無表情だ。

「お前は希望だった。お前は新たな灯《ともしび》だった。この荒野を、終わりなく続く黄昏の世界を塗り替える黎明だった。それを……お前は我々だけではなく、全ての〈麗起〉の期待を裏切ったのだ」

「縋《すが》ってください、と一度でも私は願いましたか？」

グザヴィエは大いに嘆く。

「幾千幾万の供儀から作り出されながら、何故自らの存在意義を理解しない？　生まれたばかりのお前が汚されたことを嘆いたが、今宵それは福音となる」

かつて出逢った〈麗起〉の王に、グザヴィエは陰ることのない太陽を見た。それが幻に消えてしまった痛みが、五百年を生きる大貴族に一つの渇望を与えた。

「唯一であるが故にお前は猶予を与えられたが、私はそれほど甘くない。不良品を後継機とは認めぬ」

「そのために錬成技師《アートクラフター》を集めて、廃棄城の封印を解く術を研究させていたのですか」

「あの叛逆者に感謝せねばな。何人にも解けなかった封印を破ってくれたおかげで、こうしてお前を奪い、自らを器に『実験』を再開できる。ムーンシェルの精度には遠く及ばないが、私が預かったニムラ辺境領、その全てを消費すれば再起動には足りよう」

黄金の領主は躊躇うことなく、数万人の人間種が生きているニムラ辺境領そのものを地獄にすると決めた。

「それが何を意味するのか……わかっていますか？」

「過酷な世界に生かし続けるよりは、資源として使い切る方が慈悲深いとは思わないか。ニムラの人間種は一人残らず死に絶えるだろうが、有象無象は他にもいる」

グザヴィエの持つ現象変成《エードラム》は、あらゆる無機物と融合し制御下に置く、創り出すよりも造り変えることに特化した力だ。それ故に真の奇跡には届かないと蔑まれた力で、グザヴィエは数多の敵と同族を喰らい、三十一貴族に叙せられるほどの〈麗起〉へ上り詰めた。

ここが頂きだった。グザヴィエは、エメの全存在を呑み干すことで、器としての資格を手に入れる。

エメは透き通った他人事のような瞳で、自分の全てを奪おうとする男の顔を見つめた。

「貰い受けるぞ、全てを」

グザヴィエの手が、先ほどのやり直しのようにエメの胸を貫く。今度は手首まで沈んだ。

「な、なん……だと……」

高揚していたグザヴィエが、午睡の夢を破られたように、表情を凍らせた。指先が伝えてくる空虚がまるで理解できない。そこに在るべきものがない。

「言いませんでしたか。貴方の知らないことがある、と」

＊＊＊

デイとヘルガは虚空に呑み込まれた。

一瞬の浮遊感の後、落下する感覚。廊下全体が生物の器官――いうなれば喉部に変質したようだ。

デイは壁をぶん殴り、手首まで突き刺して落下を食い止めた。金属の壁が波打つ。まさに喉が食物を嚥下するように、恐ろしい力と強度で絞り上げてくる。人間どころか人形《レヨン》でもほんの数秒で一握りの塊に圧し潰すだけの圧力。歯を食いしばるが、このままでは時間の問題だ。

「見えますか？」

迫ってくる壁に指を突き立てて踏み留まったヘルガが、顎をしゃくって下を示した。

ここが喉であるなら、それは胃か。十メートルほど下方に現象変成《エードラム》が作り出した眩しいほどの光球《プラズマ》が輝いている。

「落ちれば〈麗起〉の強度でも分解……耐えきれないでしょう」

光球《プラズマ》が近づいてくる。喉部分の蠕動《ぜんどう》でデイたちが下方へ運ばれているのだ。渾身で踏み留まっても、あと一分ともたない。

「むう」

「二人でここから抜けるのは困難です」

喉部分で潰してもよし。抵抗しても動きが止まれば、プラズマで灰にする。叛逆者を処理する罠としては非常によくできている。

「わたしはエメ様を救いたい。そのためにも、あなたを無事にグザヴィエの前へ行かせるつもりでしたが……」

ヘルガは一度だけ頷く。何かを想いきるように。

「どうやら、付き合えるのはここまでらしい。この先は、あなたに残って貰わなければなりません」

「わかった」

デイは端的だった。逡巡《しゅんじゅん》も斟酌《しんしゃく》もなく、ヘルガの提案を受け入れる。

「どうして救いたいのか、と理由は訊ねないのですね」

崩れることのなかったヘルガの冷笑が、初めて別の色……困り果てた苦笑のような表情を帯びた。

「興味はない」

潔いほどの一刀両断は、ある意味心地良い。だから、きっとヘルガも、この別れの一幕に余計な感慨を挟まずに済んだ。

「さすが……見込んだだけはある。復讐だけがあなたの世界なのか」

半人半機の復讐機は、それを哀しいとも虚しいとも言わなかった。

「では、よろしく頼みます」

ヘルガの両腕に渾身の力が篭もった。蠕動《ぜんどう》する喉部を、これまでの最大の力でこじ開ける。

執事の力をもってしても数秒が限界。

デイが、ヘルガの肩を蹴って跳躍する。

「**軌装転概《オーダー・エッジィ》！**」

空中で咆える。戒めを放たれた復讐機が赤い鋼を纏う。赤い死神が、開かれた道の壁面を蹴って、ジグザグに駆け上がる。

「るあああああぁあああああああああ!!」

閉じた口部と思しき場所を右拳で粉砕。デイは外へ飛び出した。

直後、内で支える力が限界を迎えたのか、開口部は中にいた者もろとも再び何事もなかったように閉ざされる。

そこは、落ちた廊下とよく似ていたが、おそらく別の場所なのだろう。周囲には人形《レヨン》も人の気配もしない。ドミナがどうなったのかもわからない。

「…………」

復讐機は疾走した。立ち止まることも、後へ残った者を振り向くこともしない。領主の位置は、何故だか判った。理屈ではないが、確信に近い。

だから――結ばれた糸に引かれるように、船内の一点を目指して駆ける。

＊＊＊

エメの体内を探る指先が、あるべき物、あるべき形に触れなかった。

「何故……ないのだ!?」

我を失ったグザヴィエは、右手を引き抜くなり、荒々しく一閃した。刃のような指先が、エメの胸を正確に縦に切り開く。宙に咲く〈麗起〉の青い血の薔薇。

人間なら絶命するほどの傷だが、白い女は痛みも感じていないのか、眉一つ顰めない。滑らかな切断口から、技巧の粋を尽くして造られたエメの胸腔が覗く。

「何故、お前は生きている!?」

今度こそ、理解を超えた真実を前に、グザヴィエは絶句した。

エメの胸の内側は、ぽっかりと闇のような虚が開いているだけで空っぽだ。本来、不死の命と奇跡を与える『鋼の心臓』が回り続けているはずの場所が。

それを生み出してしまった人類が、霊長の座から滑り落ちた禁断の実。〈麗起〉の生命そのものでもある『心臓』がなければ、エメであろうと生きていられるはずがない。

「いや……なんだ、その醜い心臓は……?」

空っぽではなく、円形の基部を思わせる機関が動作していた。完結した永久機関である〈麗起〉の『心臓』とは似ても似つかない半端な代物が、彼女の命を支えている。

「いい声ね。そんなに可愛い声で啼くなんて予想以上だわ」

身動き一つできないのに、エメの微笑は優雅そのものだ。よく見えるように胸を反らす女は、勝ち誇ったのではなく、追いつめられたグザヴィエの姿を愉しんでいた。

「ふざけている場合か、これは何事だ!?」

「貴方は、どうして私が廃棄城に幽閉されたのか、本当の理由を知らなかった。私はあの日、これを失った」

「ならば……ならば、どこに!?」

これから起きる出来事を予感してか、恍惚と白い女は目を細める。

「もっとゆっくり眺めていたいけれど、そうもいかないのね」

いつも通りの透き通った、けれどどこか甘い毒に溺れるような眼差しは、真っすぐにグザヴィエを見つめていた。否、女の視線が行く先は、黄金の〈麗起〉の背後。

「――私の『心臓』なら、そこにあります」

宣告に重なったのは打撃の音だ。

快音に引かれて振り向いたグザヴィエの目の前で、儀式の間を厳重に封鎖していたぶ厚い鋼の扉に幾重もの亀裂が走る。最初の亀裂が瞬く間に扉全体に広がり、砕け散った。

宙を焼き払うような赤い軌跡が走る。グザヴィエまでの最短コースを一直線に疾走するのは、白骨を連想させる――赤い軌装を纏ったデイ。

「なぜ生きているのだ、叛逆者!?」

突き詰めれば、グザヴィエの失策は、油断ではなく慢心だった。現象変成《きせき》を再現する装置である〈麗起〉は、人間が足下にも及ばない処理能力を持つが、それでも限界は存在する。

デイたちを罠で捕らえた時と同様に、機関式浮遊船《ジファール》全体へ神経網を張り巡らせておれば、叛逆者の脱出と接近を察知できたはずだが、エメを取り込むには極限の集中を余儀なくされた。手を伸ばせば果たされるところへきた願望への焦りと、己の能力への絶対の自信から、敵の死を確実に見届けるよりも儀式の進行を優先させたのが敗着だ。

「――貴様を、殺す」

憎悪に燃える赤い鋼が、引き絞った右拳を発射した。

「無礼者！　真の〈麗起〉の力で、今度こそ跡形もなく磨り潰してやる」

輝くのは、目を眩ませる黄金の光。光より生まれ出るのは、奇跡を具象した形。

「**軌装転概**《オーダーエッジィ》**！**」

世界を支配する〈麗起〉の力と矜持《きょうじ》との具現である、眩い黄金の軌装が、正面からデイの拳を迎え撃った。

先の死闘のリフレインのように、グザヴィエとデイの互いに繰り出した拳が正面からかち合う。音の速度を超える衝突に、衝撃の円波と大気の圧力が同心円状に広がる。拳と拳が火花を散らし、どちらも一歩も譲らない。

「しょせんは人間種！　敗れて地に堕ちた身で現れるとは、矜持《きょうじ》も持たぬか！」

怒声をあげるグザヴィエは、自分の怒りがどこからくるのか、その源泉を理解するのを拒んだ。

――真実は人を試す。

胸を打ち抜かれ絶命したデイが、儀式の場に現れることはあり得ない。回廊では必死の罠に捕らえた。二度死んでいるはずの男が、それでも──グザヴィエの夢に立ちはだかる。

(何故だ何故だ何故だ何故だ何故だ何故だ何故だ何故だ何故だ!!)

黄金と赤の軌装が、再び、互いの拳を繰り出した。

「無駄だ、人間種!」

〈麗起〉の矜持《きょうじ》が、怒りが、黄金に輝く拳に渾身の力を宿らせる。

足掻くなら足掻け。憎悪と命をくべて走り続けても、人間は死ぬのだ。生物として決定的に優れた、遥か先で終わることなく走り続ける〈麗起〉に追いつく道理はない。

＊＊＊

迫る拳を睨みながら、一度は自分の胸を打ち抜いた相手に、デイが獣の如く咆えた。

「────るうぅああああああ!!」

黄金と赤が衝突し、爆発に似た激突音が遅れてやってくる。二度目の打ち合いは何もかもが一度目と瓜二つであり、結果のみが異なった。

赤い拳が突き進むのに合わせて、グザヴィエの右腕が縦に裂けた。人差し指と薬指の間に切り込んで腕を肘まで両断し、黄金の軌装の胸甲に突き刺さる。

「人間風情のどこに、このような力が!?」

デイは止まらない。一瞬前まで互角だった速度が、遂にグザヴィエを振り切った。

赤い軌装の現象変成《エードラム》——それは身の内を熱く滾《たぎ》らせ、どこまでも加速していく無限加速の加熱の力だ。現象変成《エードラム》という奇跡では、重力や摩擦のような物理限界による加速の上限はない。

だが、あくまでも『加速』の力である以上、速度を得るには時間を要する。

端的にいえば、デイが軌装を纏い続ける限り、加速し続けるが、秒刻みで増大する熱は血と魂を焼き焦がし続ける。

男にとって——それこそが望むところだ。この身は、一度は死んだ半人半機の醜い身体。焼け爛れていくその苦痛だけが、まだ自分自身である最後の証。〈麗起〉ならぬ肉の身体が『心臓』を得たところで、力の量で抗ったところで、〈麗起〉には遠く及ばない。

ならば、一つだった。

心臓の与える永遠などいらない。血も肉も心も魂も、残らず灰と化せばいい。

己の全てを炉にくべて、燃え尽きてしまうその前に、刹那でいい、遥か先を行く不死の超人に勝る速度を手に入れる。いずれ追い抜くためではなく、ただ一度追いついて引《ひ》き摺《ず》り落とすために。

「——〈麗起〉は、殺す！」

渾身の右拳で、グザヴィエの胸甲を貫き、デイは絶叫する。

突きつけられた死の予感に歪む黄金の〈麗起〉の顔など見ていない。男が見ているのは、遠く霞んだ記憶の彼方だ。

かつて、西の辺境区に都市《サンドリオ》が新造された。その名はムーンシェル、『〈麗起〉と人間が手を取り合って輝かしい未来を造るため』の都市《サンドリオ》と言われていた。

男はムーンシェルの、最初の入植者の一人だった。その都市《サンドリオ》に大勢の人間が集まったのは、単純に豊かだったからで、夢物語を真に受けていた者はいなかった。

駆け抜けるような数年が過ぎ、実直だが人付き合いの上手くない男にも、仲間と呼べる者たちができた。

ムーンシェルでは餓える者はいなかった。荒野《ヴァース》の脅威に命を奪われる者もいなかった。戯れで〈麗起〉に殺される者もいなかった。

誰もが理想の実在を信じ始め、輝かしい未来を予感した。与えられた平和が明日も続くのだと無邪気に信じたその時に、きっと破滅は決まったのだ。

不思議だったのは、都市《サンドリオ》の住人の誰も名を知らない領主が、決して人前に現れようとしなかったことだ。その理由を疑っておくべきだった。

〈麗起〉は嘘をつくことがない。強者であり装置である彼らは、誰かを偽る必要がない。偽り、欺き、他者から何かを搾取するのは、いつも人間だ。

だからこそ、ムーンシェルには最初から領主がいないのだ、と。

十五年前のある日――終わりの始まりは、ごく当たり前の朝だった。男が仲間たちと語らっていると、唐突に空が光を失い、夜のように暗くなった。

　続いて感じたのは、大きな衝撃。おそらく何かに巻き込まれて、意識が途絶えたのだろう。そこから先は憶えていない。

　目覚めて目にしたのは一面の炎。瓦礫と化した街と、どこを見ても足の踏み場もなく折り重なるような骸の群れ。

　十万を超えた巨大な都市《サンドリオ》の住人は、ただの一人もいなかった。

　死に際はきっと安らかではなかったろう。積み上がった遺体は壊され、潰され、引き裂かれ、ただの一つもまともなものがない。

　骸の山から這い出て、自分も死にかけていることに気づいた。でも、もういい。突きつけられた死はあまりに重すぎる。家族のような仲間、輝かしい夢、繋いだ手。一つ残らず燃え尽きてしまった。生きている理由なんて残っていない。

　大人しく死ぬことを許してくれなかったのは、一つの声だ。

「それで、エメはどこに居る」

　黄金に輝く〈麗起〉がいた。もしかしたら話し相手がいたのかもしれないが、そんなことを考える余裕もなかった。

「また大勢死んだものだが、全て予定通りか」

（予定通りとは、なんだ？）

　信じたくなかったが、〈麗起〉は嘘をつくことがない。その必要がないから。

　では、こんな理不尽が誰かのせいなのか？　そんな非道が許されるのか？

——許されるのなら、せめて理由を教えて欲しかった。

血を吐くような慟哭に答えはなく、行き場を失くした願いを呪詛に変えながら、男は力尽きた。そこで、男は一度死んだ。

だが、呪いはそんな安らぎを許してくれなかった。男は、都市《サンドリオ》の中央にある白い塔の足下で骸の山に埋もれて、二度目の目覚めを迎えたのだ。

(ここは、どこだ？　どうしてこんなところに……)

答えは得られなかったが、死んだ自分が動き出した理由はすぐに解った。骸になった胸の中、止まってしまった心臓の替わりに、何か別のものが回り続けていたからだ。

(——どうして、こんなものが？)

精神の許容量はとっくに限界を超えていて、悲鳴をあげてその場を逃げ出すことしかできなかった。だが、逃げたところで意味はない。何故なら、そこはとうに地獄だ。

望まず甦ってしまった男は、もう一度、ムーンシェルの全てを目にしなければならなかった。灰になった街。積み上げられた骸の塔。数えきれない死の列。そして——晴れ上がった雲一つない青い空。

一度ならともかく二度目は無理だ。脳裏に焼きついてしまった呪詛は願いとなって、男は逃げることも忘れることも許されなくなった。

だから、せめて答えが欲しい。この惨劇に、奪われた命に、どんな意味があったのか。

男は人間であることさえ奪われた身体で、『エメ』というたった一つの手がかりを元に、彷徨い続けた。行く先々で出遭った〈麗起〉を許せなくて、残らず殺した。

〈麗起〉なくして人間は生きられないと説いた者がいた。お前の復讐に意味はない、人間《どうほう》を苦しめていると詰められたこともある。

――そんな正しさを許せなかった。

人間には勝てない〈麗起〉を殺すために心臓を回し続けた代償に、心と身体はおろか、記憶《たましい》さえも擦り減っていく。

かつて呼ばれていた名を、もう思い出すことができない。

あの日の一緒にいたはずの仲間の顔も。肩を組んで語らった明日の希望も。壊れてしまう前には確かにあった喜びも。それから、おそらく愛も。

全てが砕け散ってしまっても、刻まれた呪詛は消えることなく、拳を振り上げるのをやめられなかった。

その赤い拳は誰も救わない。枯れた世界という箱の底で、最後に残った一縷の希望を狩り取り続けるだけの、終わりなき無為の再生産。


「るうおぉああああああああああああ!!!」

このまま全てを破壊することになったとしても、構わない。

デイの頬を涙が伝う。赤い血涙が。

荒れ狂う『心臓』の力に肉体は自壊し、損傷した箇所を即座に修復の力が繋ぎ止める。肉体が修復されたところで苦痛は消えない。神経と細胞の一つ一つを焼かれる、人間である限り味わうことのない、狂気の沙汰の破壊と再生に、偽りの涙で慟哭しながら、復讐機が爆発する。鋼甲の繋ぎ目から炎を噴射して、突き刺さった状態から更に加速。

「俺が」

十五年前の炎の中で、確かに見た黄金の〈麗起〉への憤怒《ふんど》に呼応したのか、『心臓』がかつてない力を送り出す。その全てを速度に変えて、デイは跳んだ。肘まで抉りこんだ拳を、身体ごと力任せにカチ上げて、黄金の胸甲から顔へと斜めに斬り裂きながら、赤い軌装はグザヴィエの背後へ駆け抜ける。

「俺が、死だ!!」

地面を踏み砕いて着地したデイが、減速の長い跡をつけて制動し、急反転を成し遂げて、今度は背後からグザヴィエに突き刺さる。

赤い軌装が両腕を広げる。

「**戦術破恢**《タクティカ・デスト》――」

走り続け、加速し続ける赤い鋼は、もはやグザヴィエが追従できない速度に到達し、振り向くのに先んじて反転し、拳で貫き、加速して突き抜けて、更に反転し貫き、反転し貫き、反転し貫き、反転し貫き――

「――――**赫星**《ティンレイ》**!!!**」

加速し続けたデイの速度が臨界を超える。その時、現象変成《エードラム》による速度は物理的束縛を振り切り、あらゆる敵を打ち砕くのだ。

軌装が溶鉄を思わせる赤に輝き、輝きは軌跡となって長い尾を引く。赤い軌跡が虚空に幾重もの弧を描く。

まるで、夜空を横ぎる流星のようだった。

＊＊＊

絶え間なく打ち込まれる鋼の拳は、グザヴィエが倒れることすら許さない。立ち尽くしたまま、一秒ごとに黄金の身体が破壊されていく。右腕が根元から吹き飛んだ。脇腹が抉れる。左の眼はとうにない。

「違う……これは、絶対に正しくない……！　この力、お前の…………ものでは、ない！」

轟音と屈辱と怒りで五感を埋め尽くされたまま、グザヴィエは怒声をあげた。

人間であれ〈麗起〉であれ、出力の上限は定められている。生物が、搭載された筋肉以上の出力を出すのがどうやっても無理なように。デイの出力は前回の戦いとは比較にならない。限度《リミッター》を超えたでは説明がつかない。正しく桁が違うのだ。

「るおぉああああああああああああああああああああ！！！！」

五百年を生きた偉大な〈麗起〉は、己の胸を抉る白骨を想う怪物を――赤い死神を見た。黄金の輝きに穢れた赤がしがみつき、泥の中へ引《ひ》き摺《ず》り下ろそうとする、正しさを踏みにじる悪意と憎悪を見た。

デイが走る。走る。走る。黄金の鎧甲が砕ける。顔面を拳が抉る。背中から突き刺さる。

「殺す。貴様という全てを、殺す」

滾《たぎ》る怒りを燃やし尽くして、ようやくデイの動きが制止した。グザヴィエは全身くまなく破壊され、もはや身動きもままならない。

溜まりきった熱を放出するように、赤い軌装の全身から熱風が吐く。広間の可燃物が瞬時に燃え上がり、何もかもが灰になる。

「これで……終わりだ……」

限界を踏み越えたデイの視界が白と黒に明滅した。破壊と再生の繰り返しに、半人半機の身体は耐えられない。緊張の糸が切れれば、そのまま倒れて、あるいは目覚めることもないかもしれない。

血塗れの唇で、歯を食いしばり、踏み留まる。そんな安息、救われた結末は、自分には相応しくない。憎悪に身を捧げたこれまでの道のりに相応しい、惨めで無惨な終末を待ち焦がれていても、それは今ではない。

最後の力を振り絞って、黄金の鎧甲の裂け目から露出した『鋼の心臓』に指先をかけた。

「お前が〈麗起〉なら……私は……敗れていただろう」

半壊したグザヴィエの、まだ生きている右目が戦意を湛えていた。デイは切れかけた意識を立て直し、右拳を発射する。

「……止め、ろ！」

だが間に合わない。グザヴィエの足下の床が液体のように波打って、現れた巨大な手がデイを掴んだ。

「悪足掻きを――！」

動きを止められたのは数秒だ。赤い鋼が爆発した。身体から噴き出した熱と炎で、巨大な手を吹き飛ばす。

「貴様は……不完全……だ……恐るべき、死よ……」

満身創痍でありながら嘲笑うグザヴィエ。人間ではない〈麗起〉だから、痛覚を制御できる。

「見せてやろう。これが……人間には手の届かない真の奇跡……真の現象変成《エードラム》の力！」

デイを足止めした一瞬で、グザヴィエは次の演算を終えていた。黄金の軌装から、幾つもの尾のような器官が床へと伸びて突き刺さると、床が液体のように蠢いて鎌首をもたげた。巨大な蛇の口のように半壊したグザヴィエを呑み込んだばかりか、奇怪な蠕動《ぜんどう》は天井といわず、床といわず、広間そのものへと広がる。まるで波打つ海原だ。

「醜い力ですね」

毒を吐くエメの周囲に力が及んでいないのは、エメを傷つけないためだろう。安全圏であるそこまで行くだけの余力が、デイには残されていなかった。

「集まっていく、だと!?」

王座の間と周辺の物質を喰らいながら、巨大な何かが形成されていく。生き物のようにざわつく鋼の波間から立ち上がったものに、さしものデイが目を疑った。それは身の丈二十メートル近い、黄金に輝く巨人だ。

「グザヴィエ、か……!?」

巨人は、まさにグザヴィエのような顔で、足下のデイを見下ろして笑った。継ぎ接ぎに継ぎ接ぎを繰り返した、デタラメな建造物を連想させる威容には、軌装のような美しさは欠片もない。現象変成《エードラム》でも〈麗起〉の完璧な肉体を即座に復元することはできないから、機関式浮遊船《ジファール》と融合することで破壊された身体を補填した代償だ。

これほどの巨体になった理由の半分は、〈麗起〉の持つ機能を無理やり補うのに、それだけの大きさが必要だったから。

「この醜い姿は、私にとって恥辱の極みだ」

巨人が一歩を踏み出しただけで、大気が轟々と震えた。あちこちから膿のように黒とも蒼ともつかない液体が噴きこぼれ、身体を構成する部品《パーツ》が落ちてくるのは、巨体の制御が半壊したグザヴィエの処理能力を超えているからだ。

黄金の巨人が拳を振り下ろした。大きさに不慣れだからか、デイを逸れて床に突き刺さった一撃で、床は機体フレームごと砕け、嵐の真っただ中へ飛び込んだように機関式浮遊船《ジファール》が揺れた。グザヴィエは船が墜ちることを気にしていない。

「だが……よいぞ。貴様を殺せれば……それでよいぞ!!」

＊＊＊

エメは身動きできないまま、戦いの全てを見守っていた。

グザヴィエが勝てばただでは済まないと承知しているが、感情らしい感情は動かない。そんなものが自分にあるとも思わないが。

「……こんな格好でいるのは窮屈ですね」

「じゃあ、これで借りはチャラだな」

それは、エメにとっては意外すぎる再会だった。壁の穴から、あだ名《ラットゥス》のように顔を出したのはドミナだ。

「どうしてここへ？」

「どうしてもへったくれも……借りを返しに来たんだよ」

ドミナにとっては、水が高きから低きへ流れるような、当然のことをしているだけだ。

グザヴィエが巨人を変成したせいで、機関式浮遊船《ジファール》は通路もフレームも虫食いのような穴だらけになったのは好都合だった。中で迷っていた者にとっては、最短距離で目的地へ辿り着けるかもしれない思わぬ好機になった。

「あれは……デイと……デカいのは領主か？　何がどうなってんだ……」

巨人が手足を振るうたびに機関式浮遊船《ジファール》が大きく、致命的に鳴動した。ドミナにも、そう長く保たないとわかる。

「こいつを外せばいいんだな」

返事も待たず、エメを繋ぐ鎖にガンガンと武器を振り下ろす。それは、使い道があるだろうとわざわざここまで持ってきた、武団長の槍の穂先だったものだ。〈麗起〉が現象変成《エードラム》で造った物なら、〈麗起〉の物を破壊できるはず。

「ちっ、この恰好じゃ、上手くいかねーな」

装備を素早く脱ぎ捨て、更に槍を振り下ろす。ドミナの読み通り、音を立てて鎖の一つがちぎれ飛ぶ。デイを拘束した鎖ほどの強度がなく、グザヴィエがデイとの戦いに没頭していたことがドミナを助けた。

「借り、と言いましたね」

「そうさ、この性悪女。俺を庇いやがって！　庇われっぱなしなんて一度でたくさんだ。借りは絶対返してやる」

二つ目を破壊する。エメを拘束する鎖は、手足に一つずつの全部で四つだ。

「私を助けると後悔しますよ」

「テメーと関わったことなら、とっくに後悔してるっつーの！　でも……関わっちまったもんはしゃーねー。途中で放り出すってのは性に合わねーから、最後までやるんだ」

「そう、それが貴方なの」

全ての鎖が破壊されて、自由になったエメはまるで嬉しそうではなかった。

「つくづくクソ女だな。フリでもいいから喜んで、礼の一つでもいいやがれ」

「礼はいいませんが、私も最後までやってみることにしました。他にやることもないですから」

これまでと同じ投げやりだが、ほんの少し意志を感じた。ドミナには最後まで意味がわからなかったが、きっと何かを決めたのだろう。

「好きにしろよ。やらないで投げ出すよりは気分いいぜ」

だから、そう言ってやったのだ。

＊＊＊

赤い鋼の拳が、規模《スケール》では十倍に達する巨大な拳に突き刺さる。

巨人の拳に亀裂が入るが、デイの力をもってしても砕ききれない。質量と密度の差が大きすぎるからであり、グザヴィエが巨人を変成したもう一つの理由だ。

「どうした、蟻が拳を振り上げようと山は崩せまい！」

速度では破壊しきれない物量は、デイという男を殺すための単純だが合理的な戦術だ。

「が、はぁ……っ」

諦めることを知らないデイが再び跳躍しようとしたが、流星は飛び立たなかった。震える足は踏み込む力を失い、身体を支えて立つことも覚束ない。咳き込んで吐き出した血潮は白煙を上げていた。限界を超える熱を帯びているせいだ。

加速し続けたデイの自壊に、修復が追いつかなくなっていた。『心臓』が与える破壊と再生の力の均衡《バランス》が崩れて、既に筋肉の三割が機能不全を起こしている。

「あ、あ、あ、あ、あ、あ、あ、あ」

腕を持ち上げようとする。足を踏み出そうとする。〈麗起〉を打ち砕いてきた四肢が本物の死人のよう。精神でどれほどの苦痛を耐えようと、部品が欠けた機械が動かないのと同じで、肉体の損傷で物理的に動作しない。

「ここまでだな」

慟哭するデイを見下ろして、黄金の巨人が凱歌の唸り声をあげる。

蠅でも払い除けるように振るった右腕は、スケール差がありすぎてスローモーションのように見える。もはやロクに回避も取れないデイは、床とほぼ水平に跳ばされて壁に激突し、無惨な姿でめり込んだレリーフと化した。

「あ、が……」

「これが人間の限界だ」

血の涙と炎の息を吐きながら、デイはガクガクと痙攣する手足で穴から這い出た。壁に身を持たせかけるようにして、壊れた身体を無理やりに立ち上がらせる。

「それが……どう、し……」

半歩動こうとするだけで意識が真っ白に断ち切れかけた。視界が白く染まって敵の位置さえわからなかった。それでも——楽になるとわかっていても、半分だけの命を投げ出すことを拒絶する。死ねない、まだ。

この胸を焦がす呪いと憎悪。

あの日のムーンシェルで聞いた怨嗟《えんさ》の唄。

記憶は砕け散り、残された想いさえちぎれ飛んでも、呪いだけが、炎の中で死んだ男の亡霊に残された唯一。

あの出来事を、あの光景があったことをこの世界が笑って認めるなら、俺はここにある全てを許すことができない

――ああ、何もかもぶち壊れてしまえ。

怨嗟《えんさ》に焼けついたデイの視界が唐突に光を取り戻した。

目の前に白い女がいた。戦場に不似合いな作り物じみた女は美しかった。血のただ中に咲く白い花。その白は無垢ではなく、空白だ。本来、何も写さないはずの。

「エメ……っ!!」

巨人が動揺したのは、戒められていたはずの女が自由を取り戻していたせいではなかった。

女はとうに汚されていた。最も強大に世界を統べる資格を与えられながら、何一つ成すことを許されない最も脆弱《ぜいじゃく》な存在へ貶められた。

だから、戦場とは最も忌諱すべきものだ。いや、それ以前に、意思も心もロクに持たない、

ただの空っぽの器が、自ら足を踏み入れるなどあり得ない。

ああ、領主よ——今こそ知れ。

そのあり得ない夢が起きたから、女は宝箱から逃れたのだ。

女は、いつでも自分を踏み潰せるだろう巨人を無視して、とうに死んでいる男へ囁いた。

「もう一度、あの時のように訊ねましょう。何がしたいの？」

それは、羽で触れるように遠い記憶を刺激する声だった。

デイは最後の力を振り絞って、僅かに顔をあげた。超然とした聖女を想う、白い女の顔が目に入る。理由もなく、今も焼きついて消えることのない、あの炎の夜の光景が重なった。

砕け散ってしまった記憶《たましい》が咆える。

「——————殺す！」

そして、世界が覆った。

「おかえりなさい」

女が歌うように告げる。応じるように心臓に充ちるのは力だ。身体を内から破裂させかねない莫大な熱量が流れ込み、喉から溢れて長い長い声になる。

「るおぉおあうおあおおあうおああああああああああああああ——————」

獣のように咆えたデイが、震える右腕を伸ばし、奪うように荒々しく女を掻き抱く。腰に手を回した女を貪り喰らうかのように。

デイは涙を流していた。血の涙が、後から後から零れ落ちる。膝をグッと撓《たわ》ませて。

「人間風情に……今更何が、」

侮蔑も途中で、グザヴィエはデイを見失った。跳躍した単純な速度で〈麗起〉の感覚を振り切ったのは、まさに神速と呼ぶ他にない。

憎悪に意識が白く燃え上がる。肉体だけではなく心まで熱く滾《たぎ》って爆発する。

戦え——と。

胸の奥から声がする。望むがまま、戦えと。

「あ、あ、あ、あ、あ、あ、あ、あ、あ、あ」

苦痛に耐えているようにも、歓喜に震えているようにも聞こえる鋼の慟哭。

デイが疾走し、心臓の放つ赫い光が一直線の軌跡を描く。

巨人が拳の鉄槌を降らせたのは、恐れたからだ。赤い復讐機を打ち落とせば、抱いているエメごと破壊してしまうと考える余裕すらなかった。

真っ向からぶつかり合う。スケールの差はあっても、最初と同じ拳同士の衝突。質量に勝る巨人は拳をデイごと地面に突き立てる。威力で砕け散った床を間欠泉のように噴き上げ、瓦礫の雨を降らせながら深くまで埋めていく。肘まで埋めたところで腕の動きが止まった。

「まさか」

受け止められたのだと、理性が理解を拒んだ。

けれど、事実として、十倍以上の巨体と数十倍の密度を持つ大質量の巨人の拳が、ギリギリと持ち上げていく。右腕にエメを抱いたまま、左手一本で巨重を跳ね返した。

「あ、あ、あ、あ、あ、あ、あ、あ、あ、あ、あ、あ、あ――」

赤い軌装が仁王立ちになる。あまりに莫大な力と熱を溢れさせるそれに、軌装という名は相応しいだろうか。

もはや計測不能な域の現象変成《エードラム》が、世界の構造を書き換える如き奇跡を再現する。

白い女を抱いた赤い鋼の背後に轟々と渦巻く《力》。無形の力が極限まで密度を増したため、嵐を思わせる赤い渦として視覚化される。

「るぁああ!!」

デイが拳を打ち返す。巨人の腕が捻れた炎に引き裂かれ、灰も残さず燃え尽きた。

「まさか、こんな力が……これでは、本物の奇跡ではないか！　まさか、貴様かエメ!?　いや、違う違う違う、断じてあり得ぬ！　たとえエメが完全であろうと貴様には――」

「そう、私には■■■■■■■があるもの」

「貴様は何者とも戦えない、自らを守ることすら許されぬ最も儚い器……私を滅ぼすほどの力を振るえるはずが」

「貴方……本当に気がついていなかったのね」

エメの微笑みは、哀れみか。最後まで理解しなかった、否、理解していながら拒み続けた男の魂への。

そして、白い女は、赤い鋼に睦言のように囁く。

「さあ、力を、呼んで」

顕現する。グザヴィエは地上から天に唾するように突き上げられる無数の腕を見た。

腕。腕。腕。腕。赤い腕。

ある者は槍、ある者は剣、ある者は弓、あるものは徒手……けれど、輝ける勲も栄光もそこにはない。例外なく刃は欠け折れ、あるいは黒く焦げ、傷つき、血を流している。

それは、狩りの夜の魔王《ワイルドハント》。忘却された伝承に曰く、森に潜み、嵐の夜を駆ける、亡霊の群れ。

「まさか、本当にこれは……『鉛の心臓』……どうしてお前が……」

「彼に心臓を与えたのは、私」

死者を率いる赤い鋼に抱かれた、白い女が告げる。

恐ろしい真実を。信じられない愚かな現実を。

「なぜ！　なぜだ！　何故そんな真似を！　それは後継者の証！　器であるお前に与えられるはずのものだったのに！」

「一度、デイを倒した時に気づいてもよかった。本来私のものである心臓は、私が傍にいることで力を増していた。兆しはいくらでもあったでしょうに。けれど、貴方は見逃した。いえ、予感しながら目を逸らした。『鉛の心臓』を人間が持っているという事実に堪えがたかった」

女は初めて、花が綻ぶように笑う。

「本当に人間のようね、グザヴィエ」

黄金の巨人が雷に打たれたように立ち尽くす。恐怖と、屈辱と、絶望に顔を歪めて。

「形は分かたれても、私と彼の心臓は繋がっている。だからそう、これが『鉛の心臓』の本当の力よ」

「お、おおお……貴様が……貴方が、我が死か……」

「いいえ」

女は、最後まで救いを差し伸べない。そう、死をもたらすのは白い女ではなく。

赤い鋼は数えきれない赤い軍勢を引き連れて拳を振るう。奔騰《ほんとう》する紅炎が天地を繋ぐ。

「るあぁぁあああ————!!!」

黄金の巨人に為す術などない。十倍を超す規模《スケール》や密度如きではほんの一瞬抗することもできない暴威。

無数の亡霊の手が城塞にも似た身体を瞬時に引き裂き、青い血は熱量を耐えきれず沸騰し気化する。

「『鉛の心臓』……これほど……とは……」

絶望と絶命の叫びさえ、死者たちの唸り声にも似た鳴動に掻き消され、何もかも燃え尽きていく。

巨人と王座を灰に変えながら。紅蓮の渦は収縮して、やがて何事もなかったような静寂と共に消え去った。

六章　理を覆した者

　戦いは終わり、死のような静寂が戻ってくる。

　ドミナは呆然として、意識が回るのに時間がかかった。領主が倒れたという実感が、少しずつ湧いてくる。ニムラという世界そのものだった〈麗起〉はもういない。

「ニムラ辺境領は助かった……のか？」

　今すぐ跳び上がって喜びたかったが、先にやることがある。

「デイ！」

　ドミナは駆け寄った。膝をついたデイは抜け殻のようだった。あれほど荒れ狂っていた力は拭い去ったように消え、軌装もいつの間にか解除されている。維持するだけの力もないというのが正確だろう。満身創痍どころではなく、呼吸をするだけで死力を尽くさなければならないほどの傷を全身余すところなく負っている。

　けれど、男が今にも消えそうに思えたのは、命よりも魂が尽きかけているからだ。

「そうか……終わっちまったから……」

　ムーンシェルの『実験』を企てたのがグザヴィエだとすれば、デイは追い続けてきた仇敵を殺したことになる。復讐の幕が引かれたなら、不屈を支えていた執念も失せて当然だ。

「ムーンシェルで……何が起きた？」

　普段でも幽鬼同然だった男が、燃え尽きた後の灰のよう。

「私も、そこまでは知りません」

「そう、か……もう、いいだろう。領主は死んだ」

ずっと抱えていた重荷を下ろしたようだった。長い時間をかけて立ち上がって、顔をあげた先には、エメが無防備に佇んでいた。

「あの場を生き残ったのは、あと二人だ」

「二人ですか。それは――」

デイは身体の奥に残った最後の熱の一欠片を吐き出すような息をつく。

「その前に……もう一つ聞くことがあった。お前が、この心臓を与えたのか」

憎悪と怨念そのもののような掠れた声に、まだ全てが終わっていなかったのだと思い知らされた。

「ええ」

これまでと同じで、他人事のようなエメの無表情が腹立たしかった。

「何故だ?」

かつて、デイは幾度となくその問いを空に唱えたが、誰も答えてはくれなかった。

十五年の歳月を積み増して、圧し潰されそうな思いの丈が、単純極まる言葉に刻みつけられている。

長い日々が去来する。心が憎悪の炎以外で動かなくなるのも当然だろう。己の名前さえ、とっくに摩耗しきったこの胸の内側は、戦い続けた日々の記憶が全てだった。

この十五年を彷徨いながら、どこにも行かず、誰とも会わなかった。

ただ、己の中で戦い続けてきたのだから。

今になってそれを思い知ったのは——

(——借りは返すのが人ってもんだろ)

些細なキッカケだったのかもしれない。突き放しても付きまとう変わり者の少女が、呪われた世界で拳を振り上げる抗いが、男の擦り切れた遠い昔を微かに刺した。

その理由を思い出すことも、もうできない。それでも——たまらず拳を握りしめる。

「どうして……俺を死なせなかった。どうして……こんな呪われた命を繋がせる？　行き場のない半人半機に仕立てあげて、何が望みだ！」

叫びは怒りよりも痛々しい悲鳴のよう。

残骸も同然の男を見つめて、エメはからかうように微笑む。

「あら、行き場がなくても構わない……と言いませんでしたか？」

以前の言葉尻を捉えてはぐらかす悪辣さに、ギリッと握りしめた拳が軋む。

「怒らせるのはこれぐらいにしましょう。理由を教えてくれと言いましたね」

エメは真っすぐにデイの視線を受け止めながら、瞬きもせず、

「憶えていないの？」

「何をだ」

「貴方と私は、あのムーンシェルで逢っているのよ」

「なん……だと……」

炎に包まれるムーンシェルの中を、男は最後の命の炎を燃やして歩き続けた。

こんなところで、死ねない。死ねるはずがない。

夢を信じた多くの人間が無惨に奪われた。こんな理不尽が許されるなら、せめて理由が知りたかった。

男が辿り着いたのは、街の中心に位置する塔。そして、塔の奥から出てきた美しい白い女を見た。


「そうだ、お前を……見た……」

砕けた過去から拾い上げてきた幻のように美しい女と、目の前の白い女が重なった。デイが怯んだのは、知っているはずの情景に記憶にない続きがあったせいだ。

「それが、彼に『鉛の心臓』を与えた理由だったのですか？」

ここに居ないはずの四人目の声が誰なのか、ドミナがまず誰よりも先に気づいた。

「クソ執事、生きてやがったのか!?」

罠からの血路を開いて現れたのは、死んだはずのヘルガ。軽い足音を立てて、瓦礫の山と化した王座の間を渡ってくる。

「わたしは領主の力を十全に承知しております。防げなくても耐え忍ぶことはできる。もっとも、グザヴィエが倒されるのがもう少し遅ければ、この場にはおられなかったでしょう」

「…………」

デイは返事をしなかった。

「デイ……」

ドミナにとっては、ヘルガが生きていたことよりも、〈麗起〉というだけで殺し続けてきた復讐機が、抜け殻みたいに立ち尽くしている方が衝撃だった。

「お久しぶりです、エメ様」

「裏切者とは貴方でしたか。そういえば確かに、執事と名乗っていましたね」

〈麗起〉として最上の儀礼で恭しく一礼する執事に、エメはやはり他人事。執事も気にした様子もない。

「案じていましたが、無事そうで何よりです。やはり、あなたが勝ってしまいましたか」

ヘルガはデイの隣でピタリと歩みを止めると、感嘆とも無念ともつかない表情で満身創痍の姿を一瞥した。

「多少の変更はありましたが、概ね予定通り。裏切者《グザヴィエ》を倒し、エメ様を救ってくれたことを感謝します。案内してきた甲斐がある」

「……俺も礼を言っとく。まさか、テメーに借りを返されるとは思わなかったけど」

仇であり、同行者でもある執事への感情は複雑だ。

ヘルガはといえば、最初の頃と同じく、ドミナを眼中に入れてもいない。

「グザヴィエが勝っていれば失われていたかもしれません……とはいえ、わたしとしては、そちらの方が遣りやすかったのですが」

「――デイ!!」

避けろ、という叫びは間に合わない。背後から刃より鋭利な執事の手刀に貫かれ、デイの胸が生々しい鮮血を噴く。

「が、はっ」

「その身体で、まだ致命傷を避けるとは」

避けようとしたのではない。デイは燃え尽きた蝋燭も同然だ。泥を啜っても生き続ける理由も気力も失っていた。ただ、十五年の戦いの日々で積み重ねた本能が、無意識にヘルガの殺意へ反応した。

「遊んでいては、また奇跡を起こされかねない。名残惜しいですが、エメ様のものを返して貰いましょう」

容赦なく右手に力を込めるその僅かな力みの隙に、デイが強引に旋回し、右手でバックブローを放つ。ロクな速度も残っていない裏拳だが、ヘルガは油断からか避け損ねた。

「まだ動けるとは――!?」

「ああ……まだ、だ……」

デイは今にも落ちそうな膝を礎に、破綻寸前の身体を支える。ヘルガの爪を強引に引き抜いたせいで、背の傷口は痛々しいほど引き裂かれていた。

「まだ、やることが、残っている……エメを――殺す！」

「そうすると思っていました。十五年前の清算……エメ様もそこにおられた以上、見逃すあなたではない。死ぬべきはあなたの方ですよ、復讐機！」

「裏切りやがるのか、クソ執事！」

「約束を違えてはおりませんし、そもそも一度でも仲間だったことが？　わたしは、エメ様を救うために案内すると言っただけです」

「この造《ボ》り《ル》もの《カ》ヤロー!!」

叫ばずにはおられなかった。信じるほどの道行きでもなかったのに、親の仇にほんのちょっぴりでも気を許してしまったのは、きっとエメに命を救われてしまったからだ。

「貴方のすることに、私の名前を使われるのは迷惑だわ」

エメは理解できない何かのようにヘルガを見つめる。そう、分かり易く言うのであれば、白い〈麗《エ》起《メ》〉はおそらく生まれて初めて途惑っていた。

「主であるグザヴィエを裏切り、かと思えばデイを裏切る。それを私のためという。溜息が出るほど理解できない。貴方、何がしたいの？」

「ですから、あなた様のためなのです、高貴なるエメ。ただ一人の正当な後継者」

戦いの最中であるにもかかわらず、執事は貴婦人に使える騎士の如く恭しく礼をする。

死に片足を踏み込んでいるデイを侮っているのではない。ヘルガにとっては、十二分に感じる眼前の脅威よりも、エメへの無礼が重いのだ。

『十二人』の意を受けて、グザヴィエに仕えておりました」

「なんだ……そりゃ……どこのどいつの話だ⁉」

「かつて偉大なる我らが祖〈ザ・ワン〉は、愚かな人間種に霊長の座をかけて戦いを挑み、この地上に〈麗起〉による不死の帝国を築かれた」

人間風情と侮り続けたドミナへ、ヘルガが気紛れのように返事をする。

「ですが……戦いが〈麗起〉の勝利に終わろうとした時、突如〈ザ・ワン〉は我々の前から姿を消してしまわれた。その時の混乱、嘆き、如何ばかりか。以来、祖の行方はようとして知れず、大いなる帝国は一夜の夢の如く千々に乱れ、地上は枯れ果てました」

それは、人間がとうに忘れてしまった歴史だった。

「長い月日が過ぎ去った頃、十二人の大貴族が、枯れた世界に新たな黎明をもたらそうと考えました。この大地を甦らせるに足る力と秩序……不死の帝国を甦らせようとしたのです。帝国が失われたのは主を失ったから。ならば復活させるには……お隠れになった主・〈ザ・ワン〉を再び創り出せばよい。数多の犠牲と歳月の果てにエメ様と『鉛の心臓』は生まれました」

ギリッと鈍い音がした。拳を握りしめたデイの姿に、ドミナはいつか見た炎が見えた気がした。

「じゃあ、領主《グザヴィエ》も、『十二人』とかいう連中の……」

「『十二人』全員がムーンシェルに結集して行われていたのが、『鉛の心臓』の起動実験です。しかし、不測の事態が起きました。『鉛の心臓』は起動こそ確認されたものの、直後に失われてしまった。ことがことだけに、『十二人』の中でも選ばれた数名のみが知る秘匿事項――」

「じゃあ、エメが廃棄城に捕まってたのは」

「行方を知っていると思われたエメ様は何も喋らない……〈麗起〉には永遠の時間がある。エメ様を廃棄城に幽閉したのは、気が変わって真実を喋るか、心臓が見つかるかするのを待つためです。加えて、心臓が失われた事実を外に漏らさないために隔離する必要がありましたので」

ヘルガは饒舌に語り続ける。

「グザヴィエは真実を教えられぬまま、廃棄城に幽閉されたエメ様の監視を行っていましたが、それが彼を血迷わせたようです。自らが〈ザ・ワン〉の後継者たらんと驕り高ぶるなど、いかに『十二人』の一人とはいえ不敬も甚だしい」

「だから、テメーは裏切ったのか？　いや、さっき『十二人』の意を受けたって言ってたし、えれーヤツしか知らねーことをそこまで知ってるってことは……」

「そこの執事は、最初から『事情を知る者』の配下だったのでしょう。何も知らずに私を監視するグザヴィエが、事実を知ってしまわないように監視していた……そうですね」

エメは腑に落ちたように呟いた。

「左様です」

グザヴィエにとって、デイが封印を破ったのが千載一遇の好機だった。それも結局、他の『十二人』に知られる前にエメを手に入れねばならないという焦りと、デイの正体を直視できなかった傲慢に足をすくわれた。

「だから、裏切者のグザヴィエを始末するのにデイを利用した、と?」

「いいえ、エメ様。それだけは違う。全てはあなた様を自由にするため」

ヘルガはもう一度、深々と礼をする。

「私の、自由?」

「『十二人』のお歴々は間違った。あなた様こそ、ただ一人の世界。王権全てを引き継ぐ正当にして唯一の後継者。それを奪おうとしたグザヴィエも、幽閉した『十二人』も、どいつもこいつも判っていない」

信じられないものを見た気がして、ドミナは目を疑って何度も瞬く。

ヘルガの顔に浮かんでいたのは、〈麗起〉らしからぬ、合理性の欠片もない情熱。ただ一つのために己全てを捧げようとする純真な思い。

それは、きっと人が——と呼ぶもので。

「『十二人』のお歴々に命じられて、わたしはあなたを廃棄城まで移送いたしました。憶えてはおられないでしょう。わたしにくださった一言など。ですがあの瞬間、わたしは自分が生まれてきた意味を知ったのです」

出逢った夜を憶えている。

ムーンシェルから廃棄城へと移動する特別製の柩車《コンテナ》の中に、彼女はいた。

創造されてから世俗と触れ合うことなく時を経た、生まれ変わった王の器。

執事であるヘルガも、直接会うことは許されていなかった。

だから、荒野《ヴァース》の過酷な現象がもたらした損傷で、ほんの数分間、柩車《コンテナ》の動力が絶たれたのは、ささやかな偶然だ。

動力を失ったせいで、扉のロックが失われた。

ヘルガはその時、運命と出逢った。彼女は長く閉じ込められた人生の、ほんの数分の気晴らしのように、見張り台《バルコニー》へと歩み出ていた。

ああ、そこで見たものを表現するには言葉はあまりに不完全だ。

月の光を淡く浴びた彼女は、美しかった。

確かな形をもってそこにいるのに、どこまでも透明な幻のよう。

女は小さく首を傾けながら、夜を一望し、見張り台《バルコニー》の下で身動き一つできなくなっていたヘルガを見つけた。

「空というのは、こんなに広いのね」

それだけだ。

時間は一分に満たない。言葉を交わし合ったわけですらない。ただ、その出逢いは、これまで『心臓』が与えてきた不死の時間の何十倍も美しかった。

この刹那の出逢いに比べれば、それまでの人生全てが砂を噛むように味気ない。

だから、その美しさに出逢ったからこそ。

――ヘルガは全てを企てた。

「ふ――――ざけんなあっ!!」

怒りよりも哀しかった。あり得ないものを見たことを信じられなくて、何よりも認めることができなくて、ドミナは切り裂かれるような悲鳴をあげる。

これまで感じていた僅かな共感が跡形もなく燃え尽きた。ああ、駄目だ。両親を殺した〈麗起〉に、そんなモノが許されていいはずがない。

「勝手な人ね」

「左様です。この想いを身勝手と誇られようと、全てを捧げ、何も求めません」

エメに責められても、ヘルガは揺るがない。それは〈麗起〉として、これまでに感じたことのない、生涯ただ一度の情熱だった。

力では、遠くグザヴィエに及ばないヘルガに、廃棄城の封印を破ることは覚束ない。あの巨大な白亜の城の全てが、近づく〈麗起〉の力を奪ってしまう不可侵の装置だから、一日千秋の想いで時を待った。〈麗起〉の永遠の生に初めて感謝すると同時に、待たねばならない地獄の痛苦に身を焦がしながら。『十二人』さえ欺いて雌伏し、エメを救い出すただ一度の機会を窺っていた。

その意味で、グザヴィエの野望は都合がよかったのだ。エメを奪おうとするなら、必ず廃棄城の封印を破らねばならないのだから。

「今より、エメ様が失ったものをお返しいたします」

ヘルガが恍惚とデイに向き直った。何がそれほど辛いのか、悲痛に顔を歪めて座り込んだドミナの側に、幽鬼を思わせる男がゆらりと立ち上がる。

ヘルガは目の前の光景が信じられない。

「なぜ、立てる？」

デイは完全に死に体だった。復讐機に不死身を与えていた『鉛の心臓』は、領主との戦いで臨界駆動した反動で、一時的に出力を失っている。破損の復元どころか、傷口を塞ぐこともできない。ヘルガが抉った胸の傷は、間違いなく致命傷。

そして、身体以上に心が燃え尽きていた。グザヴィエを倒した男は灰になった。エメへの殺意は怒りではなく、最後の幕引き……人生の決着でしかない。

いったい何が満身創痍の復讐を失くした半人半機を支えているのか。

「――――〈麗起〉が、想いだと」

血塗れの唇が歪んだ。ドミナが反応し、顔をあげて目にしたのは、デイが初めてみせる嘲笑だった。

「何がおかしい！」

想いの丈を嘲笑われて、ヘルガは怒りを爆発させた。

「滑稽だ……人を喰らい、戯れに奪うお前たちが……想いだと」

――けれど、ありがとう。

立たせてくれたのは、きっとお前たち《ドミナとヘルガ》だ。

本当は何もわかっていなかった。
痛みから逃れようと戦い続けた。
失った仲間、切り裂かれた希望。
信じていた明日が砕けたから、空隙を埋めたくて闇雲に怒りをぶつけた。
それも、終わる。
真実《こたえ》を得ても、安らぎは遠い。
煮えたぎる怒りに震える。身を焦がす憎悪が燃え盛る。
やるべきことは、ここにあった。
お前たちがあの悲劇を繰り返すのなら、俺がその全てを打ち砕く。
一秒ごとに穿たれた胸から流れ出す命の熱。
とうに死んでいた身体を、今度こそ目覚めない終わりが誘う。
まだだ。本当の戦いはこの先だ。目の前には、倒すべき最初の敵がいた。
ならば、拳を握らないと。

「――――**軌装転概**《オーダー・エッジィ》**！**」
己の血に染まった赤い男が、右手を突き出して叫ぶ。人でありながら不死の〈麗起〉を倒すため、魂を削り、身体を鋼に変える。

起動命令《コマンド》に応えて、『鉛の心臓』から噴き出した炎が全身を包む。一瞬で晴れる業火の後に現れた赤い姿は、痛々しいほど無惨だ。

全身を覆うはずの鋼甲《そうこう》は、所々欠け落ちた継ぎ接ぎ同然。戦火を何十年も歩き続けた後のように無数の亀裂《クラック》が入っている。顔の左反面は、男の素顔が剥き出しのまま。

もうデイには、完全な軌装を造る力が残されてはいない。

「残骸のような軌装で、勝ち目があると思うのですか！」

なのに、骸同然の男の中に生まれた何かが、〈麗起〉であるヘルガを怯ませる。踏み留まったのは、エメの目の前で無様は晒せないという意地だ。

「我が愛の前に潰えて死ね、復讐機!!」

デイへ向かっていくよりも、歯を食いしばったドミナが立ち上がる方が僅かに早かったが、意には介さない。

しょせん人間は〈麗起〉に勝てないのだと、ヘルガは宿敵の急所に狙いを定め、渾身の手刀を振り上げる。だから、目の前に何かが飛び込んできたのは、まったくの予想外だった。

鋭利な鋼の色は、無力な人間と眼中にもいれなかったドミナが、身体ごと振り回して投げつけた武器、武団長・ギヨームの槍の穂先。

それを打ち落として、瀕死のデイの首を落とすことなど容易い。普段なら――グザヴィエの罠を耐え忍ぶためにヘルガは力の多くを費やさねばならなかった。死に体はデイだけではない。

打ち落とせずに、ヘルガは避けようと身を回す。その一瞬が二人の男の死線だ。とうに枯れた底に生まれた、新たな怒りと憎悪を爆発させて、デイが疾走する。

「貴様の命《いのり》を破壊する!!」

死にかけの四肢を無理やりに動かす力技に肉が裂け、骨が砕けながら。

走る――砲弾と化して。

貫く――デイはヘルガごと王座へ突き刺さる。

「ま、さか、人間、に――っ」

不壊に限りなく近いヘルガの心臓を、銀色の穂先が打ち抜いていた。デイはドミナが投げた槍を、動かない拳の代わりに、身体全体をハンマーとして叩き込んだのだ。

流された青い〈麗起〉の血の中に突っ伏した二人の男は、どちらも大の字になって折り重なったまま、それ以上ピクリとも動かない。

「お見事です……ドミナ」

ヘルガは自分を倒した男ではなく、傍らの人間へ、初めて心から賞賛を送った。

「とうとう、父上の仇を討った」

「ああ、そうだな。弁務官も、領主もくたばった。俺の仇はお前で最後だ……でも、大して嬉しくもねーよ」

痛みを堪えているようなドミナの手が、デイを支えて立ち上がらせた。

ヘルガは、独りで、冷たい床の上に倒れたまま見上げる。

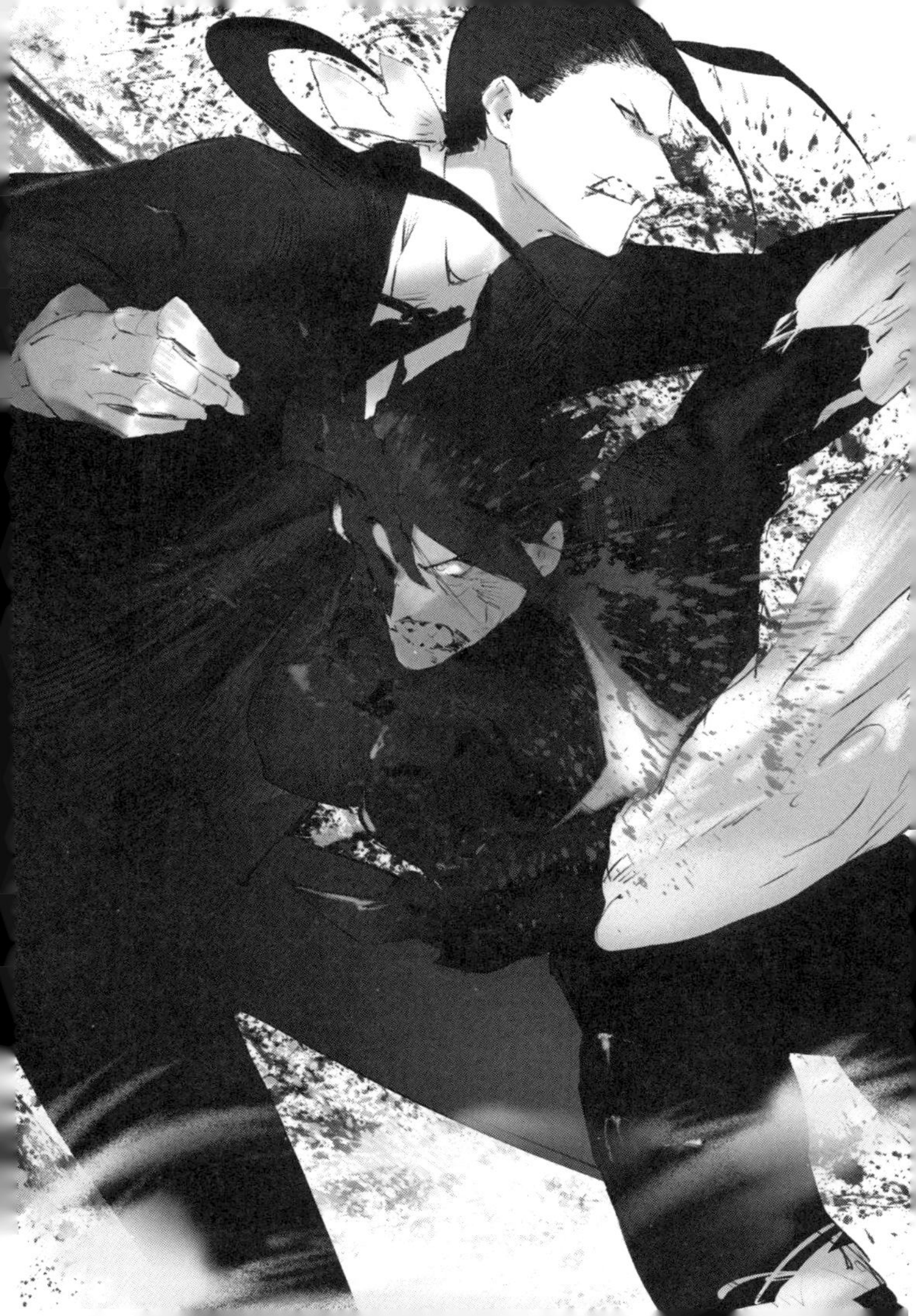

「それでも喜びなさい。あなたは奇跡を成した。人間は〈麗起〉に勝てない……その理を覆した。どちらか一人なら、倒れているのは、わたしではなかったでしょうに」

「領主から……俺を助けなきゃよかったんだ」

「悔いてはいません。借りを返したのです。我々は人間とは違う。家畜を狩ることに何の罪も感じませんが、対等の約束を守らぬはずがない」

「テメーみたいな〈麗起〉が一番嫌いだよ。ほんと人間みたいでさ」

淡々と死にゆくヘルガを見送るドミナは、やっぱり哀しかった。

「わたしはここで終わりですが、あなたはまだ戦うのか、復讐機よ……」

「まだ……ではない」

少女の手を借りなければ立つこともままならない男は、それでも揺るがなかった。

「俺の戦いは、ここからだ」

「それにどんな意味があるのですか。この世界は〈麗起〉が支えている。あなたが打ち砕くものは、何もかもを押し流してしまう」

「今日までは、許せなかったから」

全てを承知して、それでも――男は迷うことなく。

「今日からは、あの惨劇を起こした奴らに、この怒りを思い知らせるためだ」

二人の男は、どこか似ていた。どちらも一つの出会いが運命を変えた。

旅路の片方は、ここで潰える。

「復讐機よ……わたしは〈麗起〉。人間のように祈る習慣は持ちませんが、あなたの旅の終わりが美しいものでありますように」

銀の穂先に貫かれた執事の心臓が機能を停止する。最後にヘルガは、自分を殺した男ではなく、エメを見た。

かつてなく柔和で、何よりも真摯に。唇が動く。言葉を声にする力もなかったのだろう。それが形になることは永遠になくなってしまった。

終幕　それぞれの夜明け

「この船、墜ちてるよな」

デイを支えながら、ドミナは敏感に変化を察した。儀式の間が戦闘で破壊されているのとは別に、床全体が僅かに傾斜している。融合していたグザヴィエが死んで、機関式浮遊船《ジファール》は致命的に制御を失ったらしい。

船内にいるから分かり難いが、相当の速さで墜落《おち》している。いずれ地表へ激突するだろう。

「しゃーねえな、なるようにしかならねーしな」

やることはやりきった気がしていたから腹が据わった。

外は夕映えの時刻。デイとグザヴィエの戦闘で壁まで穴が空いており、入ってきた日没の光が無人の王座の間を血によく似た色で染めた。

「デイ、その鎧甲……そのままだとヤバいんじゃねーの」

数分後にはまとめて死んでいるかもしれないのに、男の身体のことが気になった。

「まだ……やることが……残っている」

立つのがやっとのデイは、軌装を纏ったまま目を逸らそうともしない。失われた王の代用として生まれてきた女が、真っすぐすぎる視線で見返す。

「次は私……ですか」

「やめろよ、デイ！　今更……ここまできてエメに死なれたら、後味が悪すぎぎんだよ」

殺意の代わりに、デイは言った。

「まだ話が途中だ」

「『心臓』を与えた理由、ですか？」

「そうだ」

エメは冷たい笑みを浮かべて、男の右手を取ると、自分の白く細い首へ持っていく。廃棄城で出逢った時――正しくは再会なのだというが、その時、デイは同じように女の首に手をかけた。

「ムーンシェルで逢った時も、こうだった」

燃えるムーンシェル。

何もかも失ってしまった男が、瀕死の身体を引《ひ》き摺《ず》って白い塔へ向かったのは、そこから『声』が聞こえたからだ。

唄のようであり、呼び声のようでもあるその声が、この地獄を創ったのだと根拠もなく信じた。

そして――中央塔の奥から出てきた、白く美しい女と出逢ってしまった。

「人間種と遭うのは初めてだわ」

地獄の底で聞く、鈴を鳴らすような涼しげな声。完全に美しい女は〈麗起〉であるはずなのに、そうだという実感が湧かない。

男をここへ招いた声は、女から響いてくるようだった。それ以外は、どこから来たのか、何者なのか、名前すら判らないのに、一目で納得できてしまった。

ああ、なんて馬鹿らしい――

今夜の死の葬列は、きっとこの女のための花道だ。積み上げられた骸の絨毯を歩いて、女は至天の玉座に辿り着く。

だから――気がつくと、名も知らない女の上に跨がって、両手で細い首を絞めていた。

「………人の手は熱いのね」

睦言のような囁きも聞こえない。許せなかった。認められなかった。この惨劇の理由がこの女であるのなら、全身全霊をかけて否定せずにはおられない。

女はまるで抵抗をしなかったが、男の命が尽きてしまった。

「こんなところで……死にたく……ない」

女の上に突っ伏したまま、意識が消えていく。最期に何を呟いたのか、自分でもよく憶えていない。

ただ、遠い声が。

「いいわ。貴方の願いを叶えてあげる」

エメは、デイの欠けた記憶を語り終えた。

「理由というなら、それが理由です。私は創られてから、ずっと囚われていました。初めて出逢った他人の貴方が『このまま理不尽に死にたくない』と呪った。私は、ただ求められたことに応えただけ」

「それ……だけなのか。本当に？」

「ええ。そうしない理由もなかったので。私に取れた方法は一つ。間もなく私に移植されるであろう『鉛の心臓』を、貴方に与えた」

身も蓋もなかった話に加えて、あまりにあまりなエメの告白に、ドミナが我慢しきれず抗議する。

「そりゃねーだろ！　人間に『心臓』を与えたって、人間の方が壊れるに決まってるじゃねーか。どうしてそんなことを！」

「そう言われても、私はそんなことも知らなかったので……結果的には上手く行ったようなので、よかったのでは」

酷い話だが、それこそ万に一つの本物の奇跡だったのではないか。成功に理由があるとすれば、『鉛の心臓』が特別な物だからとしか考えられない。

「いい加減にもほどがあるだろ……」

「そんな……そんな理由で……俺は、二度も……あの地獄を……は、ははははははは」

ニコリともしたことのない男が、肩を震わせて、泣くような声で笑っていた。

「お、おい、デイ……いやまあ、笑うしかねーか。ふ、ふははは、はははは」

つられてドミナも。ニムラ辺境領をひっくり返した半人半機が、何も考えていない女と偶然から生まれたという事実が滑稽すぎた。おまけにあと数分で船ごと墜ちるかもしれない瀬戸際だ。もう、何もかもが笑うしかない。

「はははははははははは」「ふはっははははっははは」

エメは、二人が笑うのをじっと凝視してから、自分の顔をまさぐり出した。指で唇の端を持ち上げて笑顔らしいものを作ったが、出来栄えが気に入らなかった。現象変成《エードラム》で万物を造り出す〈麗起〉でも、望む笑顔を作るのは無理だった。最後まで納得できなかったから、酷く強張った笑顔みたいなもので妥協して、声も出してみた。

「ふふふふふふふふふふ」

真っ当な笑いを知りもしないエメがやると、どう聞いても男を騙そうとする悪女だ。

「笑うな」「テメーが笑うな！」

「はい。笑うのはやめましょう」

笑いが尽きると現実を直視しなければならなかった。吹き込む風の勢いが強い。速度が少しずつ上がっている。

「この船……墜ちるとしたらどこかな？」

「今の位置と速度なら、おそらく荒野《ヴァース》の奥でしょう」

「じゃあ、どっかの居住区《シェッド》が巻き込まれたりする心配はなさそうか」

ドミナは安心する。機関式浮遊船《ジファール》の落下で余計な被害が出ないなら、最期の花火を心置きなく愉しめばいい。

「落ち着いていますね。死ぬのが怖くないのですか」

「怖いけど、やることはやりきったからな。これで居住区《みんな》は助かる」

〈麗起《領主》〉がいなくなって、この先どうなるのかまでは、さすがに責任は取れない。喜ぶのも悔やむのも苦労するのも、生き続ける連中に任せよう。

「それで、いいのか」

ドミナの肩に置かれたデイの手から、強い力が伝わってきた。立つのもやっとの有様なのに、男が何も投げ出してはいないのだとわかった。だからもう、それで限界だった。

「いいワケねーだろ！　死にたくねー！　こんなところで終わりだなんて、やだよ‼」

どうしようもない本音が決壊する。自分の意志でここまで来たから、最後まで弱音は吐かないつもりだったのに。一度堰を切ると涙が溢れ出す。

「なら、最後までやってみよう」

「やってみようって、簡単に……そんなボロボロで、どうにかなるワケが……」

「まだやることが残っていると言った。残りは十二人だ」

「計算を間違っていますよ。グザヴィエが倒れて、残りは十一人……でしょう」

そんなこともわからなくなったのかと、エメが不思議そうな顔をした。

「あっている。残りは十二人、だ」

復讐機の貫くような眼差しに、エメの美しい唇に淡い笑みが浮かぶ。

「確かに……十二人で間違いないようね」

「俺は、奴らの望む全てを破壊する」

「ま、待てよ。領主《グザヴィエ》一人にあんだけ苦労したんだぞ。そんなの……無理に……」

「手段はある。お前にも付き合ってもらうぞ」

初めての出逢いのように、デイの右手がエメの喉を掴む。どこにそんな力が残っていたのか、締め付ける指先が白い肌を破り、青い血が流れた。

「せっかく廃棄城から出られたというのに、また私に虜になれと？」

「来なければ、殺す」

「女を誘うのも強引な人。私の都合はお構いなしですか」

首を絞められながら白い女は、ずいぶんと愉しそうに笑った。

「『鉛の心臓』は二つで一つ。わかっていますか？　十二人目を殺した時、貴方の心臓は――」

男は短い言葉で続きを遮った。

「願ってもない」

エメは一度目を閉じ、ゆっくりと開いてから、デイの血塗れの唇が作る笑みを見つめる。

「そう。貴方が死ぬのが先か、私が死ぬのが先か……まあ、なんて愉しそう。私、生まれて初めて『面白い』という気持ちがわかった気がします」

デイは無愛想に、無乾燥に頷いて。

「――ドミナ」

「え、な、んだよ」

出逢ってから、名前を呼ばれたのは初めてのこと。

「これから地上に戻る」

「あ、あのな、戻るって……そんなに簡単に戻れるもんじゃ……」

「それがどうした」

何事もないかのように言った。絶望的な現実などお構いなしだ。男はずっと、世界の正しさをぶちのめしてきたのだから。

視界は傾いていて、今この瞬間も機関式浮遊船《ジファール》が大地めがけて疾走していることを教えてくれる。

デイは左腕にエメを、右腕に慌てて準備するドミナを抱えて、傾き地表へと墜ちていく機関式浮遊船《ジファール》の天窓に空いた穴から、どこまでも広がる空の下へ飛び出す。

生身の人間なら目を開けていられないような強く冷たい風。

「死んじまうよ！」

「貴方、本当に馬鹿なのね」

男は応えない。

ただ、向かい風に負けじと、力強く。

「――――行くぞ！」

鉛の心臓が弱々しく回り、赤い鋼の男は走り出す。

幾つもの夢《いのり》を抱えたまま墜ち行く鉄の鳥から、何一つ恐れる様子もなく空へ飛び出した。

終幕　それぞれの夜明け2

居住区《シェッド》の大通りから、気が遠くなるほど青い空を見上げた。よく晴れた高い空は、荒野《ヴァース》で見たのと変わりない。

荒野《ヴァース》には数日、居住区《シェッド》には三年……一番長く暮らしていたはずのニムラの都市《サンドリオ》から眺めた空がどんなだったのか、ほとんど憶えていないと今更ながらに気がついた。

「あの空まで行ってきたんだよな」

半月余り前になった出来事を振り返り、そんなことを呟くドミナ。

彼女は、居住区《シェッド》へ戻ってきていた。

＊＊＊

墜ちていく機関式浮遊船《ジファール》からどうやって生還したのかは、悲惨すぎてキッパリ記憶を消してしまいたい。

デイに言いたいことは山ほどあるが叶わぬ願いだった。男はとっくに去ってしまったのだから。白い女を連れて、新しい願いを追いかけて。

もっとも、あの他人の心が解らない不器用な奴が、頼んでもいないのに近くまで送ってくれたのだから、貸し借りは差し引きゼロにしておいてやってもいい。

責められる覚悟はしていたのに、いざ居住区《シェッド》へ戻ってみれば、拍子抜けするほど何もなかった。

世話になっているオバちゃん以外で、ドミナがデイを拾ったことを知っていた住人は、弁務官が襲ってきた時の騒ぎで軒並み死んでおり、わざわざ掘り返す者はいなかった。というよりも、そんな余裕がなかったのだろう。

デイのせいで、ニムラ辺境領《グザヴィエ》・領主と配下はいなくなった。

辺境では、〈麗起〉が与えてくれる物資なくして、人間は生きていけない。大勢死んで働き手が減ったところへ、水や食糧が不足する深刻な打撃。およそ一月半ほどの備蓄がなくなれば、その後はどうすればいいのか。

第二十三居住区《シェッド》だけではなく、ニムラ辺境領全体で同じ問題が数えきれないほど起きている。居住区《シェッド》でこの有様だから、現象変成《エードラム》が創り出す膨大なリソースを頼りにしている都市《サンドリオ》がどんなことになっているのか……想像もつかない。

こうなることを予想しなかったわけじゃないが、後悔はしていない。

それに人間は逞しい。〈麗起〉がいなくなって手に入った自由を使って、奴らが遺した物資を元にして、細々と慎ましくやっていく方法ぐらい見つけられるはずだ。

「俺にも何かできるよな」

ドミナは錬成技師《アートクラフター》だ。〈麗起〉の遺した生産用機関《エンジン・プラント》から物資を作り出すことはできる。

何が起きていたのかを真実《しんじつ》を知れば、恨む奴も出るだろう。許せなくて、恨みを晴らしに来る奴がいたら……そうだな、黙ってやられる気はないけれど、力いっぱい抵抗して駄目な時は素直に諦めよう。

「こういう時、テメーみたいなバカがいてくれたら心強いんだけど」

荒野へ旅立った男と女へ思いを馳せる。

不器用で頭の悪い馬鹿に、もう戦わなくてもいいじゃないかと言ってやりたかった。


〝──俺だけが遺った。だから、やる〟。


「ったく……大バカヤローだよ。死んだ連中に義理立てでもしてんのか……あたっ！」

物思いにふけっていたせいか、前方不注意でぶつかってしまった。バインという弾力。オバちゃんだ。

「ドミナ、聞いたかい！」

このところ暗い表情続きだった樽みたいなオバちゃんが、久しぶりに嬉しそうにしていたので、こっちまで何やら明るい気分になった。

「いや……何かいいことでもあったのかよ」

「喜びな。新しい領主様が来るんだとさ！」

「え──」

その瞬間の感情は言葉に尽くしがたい。

「〈麗起〉の領主様がいなけりゃあ、あたしらは生きていけない。そりゃあ時々は無体なことも仰るけれど、機嫌さえ損ねなきゃあ、どうにかやっていけるんだよ。こんなに幸せなことがあるもんかね」

新しい領主の到来に、居住区《シェッド》全体がちょっとしたお祭りみたいな騒ぎになっていた。なんでも隣の領主が、領主不在になったニムラ一帯も支配圏に組み込むのだという。今朝一番で報せの人形《レヨン》がやってきたとかで、来週には新しい領主から任じられた〈麗起〉の執政官《ドゥーキャン》が都市《サンドリオ》へ到着する。

「嘘だろ、デイが……あんなになってまで戦ったのに……」

何かに立ち向かうには多くの力がいる。〈麗起〉に庇護されなければ生きられないのに、歯向かう理由がどこにあるだろう。降って湧いた自由を喜ぶよりも、誰もが新しく慈悲深い支配者を求めていた。

届かない空へ拳を振り上げる愚か者は、誰にも望まれてはいないのだ。

「そっか、それならしゃーねーな」

＊＊＊

翌朝、荷物をまとめて外へ出た。必要なものを集めて、大袋一つに詰め込んだ。入らないものはここへ置いていくことにする。最後に、いつもの耐熱コートとゴーグル、毒除けのマフラーをひとまとめにして背負うと、行く先も決めずに外壁の際までやってきた。

居住区《シェッド》は、昨夜から時期外れの祭りのような騒ぎ。目を逸らしていれば、いずれ、今まで通りの生活に戻れてしまうのだろう。

でも、もう駄目だ。ドミナはそうやって日々の暮らしに埋もれて、心を殺して生きていくのはまっぴらだ。

「お待ちよ、ドミナ」

旅立ちを忘れてしまいそうなほど、いつも通りのオバちゃんがいた。

「やっぱり、行くんだね。昨日そんな気がしてたんだ。でも、どうしてだい？　ここに居れば、やっていけるだろうに」

「それが窮屈になったんだ。〈麗起〉に頼らなくちゃ生きていけない正しさってやつが」

「そんなのは……」

「仕方ねーって言うんだろ。でもさ、バカでムチャクチャな男が、俺が絶対できっこないって思ってたことをやっちまった。正しいことだって変えられるってわかったんだ。だから……もっと色々なトコへ行ってみるんだ」

壁の向こう、荒野《ヴァース》の向こう、別の都市《サンドリオ》――どこだっていい。ドミナの知っている世界はちっぽけだ。広い世の中へ出てたら、あの馬鹿みたいな生き方はできないけど、自分にも変えられる正しさが見つかるかもしれない。

「あんたがそう決めたんなら、もう止めやしないよ。ただ、これを……」

おばちゃんが手で合図をすると、物陰から金属製のカニみたいな機関獣《ベステア》がやってきた。

「ウゴ！　どうして……」

「身一つで居住区《シェッド》を出ていくなんて、無茶もいいところだよ。コイツも一緒に連れていってお
やり」

「いや、でも、コイツは長の——勝手に持ってけねーよ。それに、ウゴがいなくなったら……

おばちゃんたちだって」

「誰も直せなくて、何十年も蔵の肥やしだったけどね。直って動くようになったのはドミナ、
あんたのおかげだよ。だから、まあ……いいんじゃないかねえ」

「そんないい加減な……まあ、いいか！」

カラカラと二人でひとしきり笑う。

あっさりした別れを終え、ドミナは旅立った。

少女の行く手には、どこまでも続く荒野《ヴァース》が広がっている。

終幕　それぞれの夜明け3

——遠いどこかの辺境領。

オレンジ色の炎が夜空を舐めていた。燃えているのは、辺境には数多い、人口五百人ほどの小さな居住区《シェッド》だ。街というより小さな村落のような規模だが、住人が一度に逃げ惑えば大した騒ぎになる。ましてや夜だ。至るところで悲鳴があがった。

居住区《シェッド》の中央の辺りは集合住宅ごと無惨に破壊されて更地になっており、住人たちの新鮮な死体が幾つも転がっている。

「酷い有様ですね」

惨状を一瞥して、白い女は酷く薄っぺらい哀しそうな表情を作った。

危険と隣り合わせの辺境では、時に前触れもなく惨劇が訪れることもあるが、今夜の地獄は、魔獣《マンティコラ》の襲撃や自然の猛威の為せる技ではなかった。

「同情とは珍しいな」

陰気な亡霊じみた黒い男は爆発寸前の火山のようだ。

「効率の悪すぎるやり口です。もう少しやりようがあるでしょうに」

目的を果たせばいいのなら、静かに速やかに粛々と行えばいい。真正面から騒ぎの火中へ乗り込んでいくような真似は、女にすれば無駄そのものだ。

そして、居住区《シェッド》の中心で行われている今夜の悲喜劇は、いよいよクライマックスに差しかかろうとしていた。

「いやだ、やめて！　助けてくれ！」

二体の人形《レヨン》が、泣き喚く男を広場に手荒く引《ひ》き摺《ず》り出して膝をつかせた。その背後では、男の妻と娘が悲痛な声で男の名を呼ぶ。

「領主の名をもって死を命じる。謹んで拝命するがよい」

跪いた男の前に、古風な全身に巻きつける長衣で、華麗な装飾に着飾った世にも美しい男が進み出た。細身で長身の男は装いとあいまって、古代の神々を思わせる。西方の民族を模した高い鼻、頭頂と頭の左右に鳥の翅を思わせる飾りを身に着けてる。だからだろうか、艶やか黒髪と男の美貌は死を歌う鳥を連想させた。

　この辺境領の領主である彼は、いうまでもなく〈麗起〉である。均整のとれた肉体と非の打ち所のない容姿。人の腹から生まれたものには、彼の織りなす完璧な造形の調和には永遠に辿り着けない。

「そんな……お許しを、おらたちはなにも……」

「おお、心配はいらぬ。お主に罪などないとも。これはただの遊興だ」

　慈顔を綻ばせて嘲笑する長衣の領主。

居住区《シェッド》もその住人も、何もかもが領主たる〈麗起〉の所有物。〈麗起〉の庇護なくして生きられない人間を、生かすも殺すも彼《領主》の気分一つ。それがこの世界の秩序であり、正義だ。

　だから――月に一度、クジを引いて不幸な住人を決めて、夜明けまでたっぷり時間をかけてなぶり殺しにするとしても、それを咎める者は皆無。

「〈麗起〉の人生は終わりない。せめてひと時、お前の命で、余の退屈を慰めてもらおう」

「い、いやだあ……」

男がだらしなく悲鳴をあげて藻掻く。日焼けした肌と瘤だらけの手は、男が生真面目な働き者であることの証明だろう。

野次馬の人だかりは皆葬儀に参列しているような顔で、目を合わさないよう俯いた。助けようという奇特な人間は誰もいない。こんな先行きのない世の中でも、誰だって命は惜しいのだ。

だが、抵抗する男を苦もなく取り押さえつける人形《レヨン》の眼前に――ゆらりと黒い男が進み出た。

「無礼者。領主の前で首部《こうべ》を垂れよ」

男は左手に女を抱えていた。白い女だ。美しい女でもあった。完璧な白は、薄汚れた居住区《シェッド》に雪の花が咲いたようだ。

領主は自分の五感が狂ったのかと首を傾げた。女は人間ではなかったからだ。青い水銀が血管を流れる、永遠の時を約束された不滅の存在。

しかし、幽霊じみた影は人間だ。他愛もない、脆弱《ぜいじゃく》な人間が、どうして〈麗起〉と一緒にいるのか。領主には――理解できなかった。

ボロキレのような外套と燃えるような獣の目をした影が、何かを呟く。

影が燃え上がった。巨大な篝火のように。灰色の世界を焼き払う怒りと憎悪の炎だ。

黒い男が右手を突き出して、叫ぶ。

「**軌装転概《オーダー・エッジィ》！**」

「あ、ぎゃあああああああああああああああああ!?」

領主が悲鳴をあげた。炎の中から放たれた鋼の拳が、領主の右腕を消し飛ばしたからだ。

領主が傷つけられた恐怖で、住人たちがパニックを起こし、悲鳴をあげて逃げ出す。

「き、貴様、この私に、こ……このような、無礼を――」

炎の中から赤い軌装が現れた。領主はたたらを踏んで退いた。赤い鋼の怒りが、憎悪が、不死の存在を怯えさせた。この枯れた世界で、百年遭わなかった恐怖《もの》との遭遇だった。

「赤い軌装……聞いたことがあるぞ、我ら〈麗起〉の秩序に歯向かう赤い死神がいると……」

領主の顔を、赤い拳が突き抜ける。

「あぎゃああああああああああああ――」

「俺が、死だ」

赤い鋼は、全てを破壊する。

秩序を、暴威を、理不尽を、そして形あるあらゆるものを。

それは伝説だった。〈麗起〉の前に現れて、死を捨て去った〈麗起〉に残酷な死をもたらす赤い鋼の復讐機――

「**俺は、破恢者《デストロイヤ》だ**」


〈了〉

あとがき

初めましての方もそうでない方も、日野亘です。

この本を手に取っていただいた全ての皆様、ありがとうございます。『熱契の破恢者《デストロイヤ》』が皆様の束の間の楽しみになれば、これに勝る喜びはありません。

本作は、今の自分の、試行錯誤の末の難産の産物です。というのも実は、二〇一七年末に大きな病気を患い、何度か入院や手術をしておりました。何とか家族や会社、友人たち支えられて復帰することできたのですが、その後しばらくは思うように書けない日々が続き、正直筆を置くことも考えておりました。

運が悪ければ死んでいるところを、賽の目がよかったのかこうして生きております。こんな自分にもまだ何かするべきことがあるのではと考えて、再び筆を執らせていただきました。この作品に限らず、一作一作を皆様のお役に立てるものにしたいという想いで、またどこかでお会いできるように頑張ってまいります。


最後に謝辞を。

ブレイブ文庫編集の遠藤様。素晴らしい挿絵でイメージを広げてくださったクレタ様。いつもいつもお世話&ご迷惑かけっぱなしの有限会社リサイト様。色々と迷惑をかけた家族。古き良き友、サミー。そして読者の皆様――

皆様がいなければ、自分はこの場におらず、この本が世にでることもなかったでしょう。本当にありがとうございました。

日野亘（リサイト）

BRAVENOVEL
ブレイブ文庫

熱契の破恢者《デストロイヤ》

2019年4月28日　初版第一刷発行

著　者　　　日野亘（リサイト）

発行人　　　長谷川　洋

発行・発売　株式会社一二三書房
〒102-0072 東京都千代田区飯田橋2-14-2
雄邦ビル
03-3265-1881

印刷所　　　中央精版印刷株式会社

ISBN 978-4-89199-560-7